目次

〈一〉峰《みね》近《ちか》家《け》、都《みやこ》落《お》ちす……5
〈二〉船中の争奪戦……61
〈三〉吉原、炎上す……113
〈四〉オロシャ船、接近す……166
〈五〉蝦《え》夷《ぞ》に死す……220

〈一〉峰近家《みねちかけ》、都落《みやこお》ちす

一

香四郎《こうしろう》は冬の舟中にある。

初雪となったものの、いっこうに寒さを感じずにいた。

天下の砲術家高島秋帆《しゅうはん》が武州岡部藩に預りの身となることで、旗本峰近香四郎は検分下見役として出向いた武州からの帰路にあった。

利根川の中瀬河岸《なかせがし》を発《た》ち、江戸へ戻る途中の香四郎は立ったまま頬に掛かる雪も気にならないと、真っすぐ前を向いていた。

「お侍さま。冷えちまいますで、屋根の下に」

船頭の声に、香四郎は耳を貸さなかった。正面を見たきり、眉を立てた。

――幕府評定所に列するわたしを、水戸徳川の何者かが陥《おとしい》れんとした理由《わけ》は……。

出家した三兄を騙すことで旗本の香四郎が狼狽《うろた》え、検分役として無能と決めつけられたなら、岡部藩二万二千石の安部家《あんべけ》へ秋帆を預けることは、見合わせとなる。

「女犯《にょぼん》をいたすような一族など、幕臣の風上にも置けぬ。その旗本が検分した大名家なんぞ」

「左様、やはり御三家に預りをねがうのが一番でございますな」

その結果、譜代の小大名が預け先として不向きとなれば、御三家の水戸が適任とされるよう持ち掛けるにちがいなかった。

水戸に限らない。高島秋帆を抱えたいと欲する大名家は、譜代外様に関わらず多いのである。

――預りの名目で、藩内の砲台を含めた火器の増強を図るつもりか。おのが藩だけ……。

この十年余、海岸を有す諸藩は沖を通過する黒船に、戦々兢々《きょうきょう》としていた。

巨大な砲門を陸《おか》に向け、真っ黒な煙を吐く異国の軍船は、猛烈な速さで荒波を乗り切って行く。

「わが藩も台場を設《しつら》え、あれに対峙《たいじ》せねばなるまい」

幕府は口を閉ざしているが、今や大名の中で清国が阿片《あへん》によって大敗したことを知らない者はいなかった。

「黒船が突如あらわれ、攻め入って参ったなれば……」

が、黒船を打ち負かす火力を有す藩は、どこにもないだろう。

西洋砲術を知る秋帆こそ、幕府が率先して取り立て、登用すべき人材はほかにいないと思われた。

しかし、幕閣に近い有力者は、無二念《むにねん》打払令を復活せよと言い募っていた。

二念なく、すなわち躊躇《ちゆうちよ》せず追い返せと言うのである。

その筆頭が、水戸の徳川斉昭《なりあき》だった。

「大和ごころの気構えをもって立ち向かえば、異人など怖るるに足らず」

威勢がよかった。

もちろん素手で戦えとは言わず、それなりの備えとなる砲台を造った上でとの但し書きあってのことである。

今さらながらだが、高島秋帆を捕えて入牢《じゆろう》させた天保の改革の愚策を嘆く者は少なくなかった。

老中首座の阿部伊勢守正弘が秋帆を江戸に近い岡部藩へとしたのは、譜代の小藩であり海を持たない地だからであり、勝手なことに走らないはずとの思惑あってのことだろう。

まだ、秋帆は岡部へ移送されていない。ふたたび水戸徳川なり他家が、砲術家の強奪を計ることも考えられた。

そうした中、旗本峰近香四郎は、幕府の海岸防禦御用掛並《ぼうぎょごようがかりなみ》を命じられたのである。

俗に海防掛と呼ばれる職掌は、黒船を見張るだけでなく、異国との交渉ごとまで含まれていた。

去年まで旗本家の冷飯食《ひやめしく》いの四男坊でしかなかった香四郎に、異国どころか他家との話合いひとつできるものではなかろう。

とするなら、香四郎に与えられた役割は、一にも二にも高島秋帆の岡部藩安部家への、確実な護送なのだ。

——不首尾があれば、切腹。いや、旗本峰近家は断絶となる。

死ぬことが怖いのでも、家名が失《う》せるのが辛いのでもない。武士にあるまじきと誹《そし》られようとも、新妻いまの行末を思ってのことだった。

京都の公卿今出川家《いまでがわけ》から降嫁した十六歳の姫君であれば、髪を下ろして出家するにちがいないからである。

いま女《じょ》は一途だった。清廉《せいれん》であり、美しい上に明朗なのだ。

「生きながら、埋もれさせてなるものか」

思わずことばにした香四郎に、船頭は問い返した。

「なんぞ、ございましたので」

「――――」

話の噛みあうはずはなく、互いに舟の上で立ちつくしてしまった。

「先ほど申しましたが、お風邪を召します」

「寒かろうとも、いずれ春はやって参る」

「えっ。よく分かりません話で……」

旗本は寒すぎて頭の中まで凍ってしまったかと、船頭は首に掛けていた五尺手拭《ごしゃくてぬぐい》を巻き直した。

午《ひる》すぎには、番町の峰近邸に帰れそうだった。

「クシュッ。あ、風邪を引いたか」

関八州のほとんどが水路でつながっていることで、武州から江戸まで下りであれば半日ほど。香四郎は正午《ひる》に、両国橋で下船できた。

自邸に帰れば湯に入り、おいまに温めてもらえるかと、背すじにおぼえた悪寒も気にならずにすんだ。

両国の通りに出て、辻駕籠《つじかご》を拾おうとしたときである。

「ちょいと、香四郎さま」

若い娘の声に、ふり返った。

「ん……」

誰もいない。

この一年ばかり、旗本を継いでからの香四郎は芸者あそび一つしていないし、ちょいとなんぞと言うことばを使う女は周りからいなくなっていた。

空耳か、それとも同じ名の男がいたかと歩きだしたところ――

「峰近さまったら、とんとお見限りですこと」

まちがいなく、自分のことらしい。声は腰の差料のあたりで、発せられた。

「あっ。禿《かむろ》ではないか、吉原の」

見憶えのある顔は廓見世《くるわみせ》が抱える童女で、かつて馴染んだ花魁《おいらん》の妹分を任ずる小娘だった。

　こまっしゃくれた耳年増《みみどしま》の禿は、香四郎が旗本となったばかりの春、番町の門扉を足で蹴り「通ってこい」と声を上げ、困らせた娘である。

「禿。なにゆえ、ここに」

　偶然とは思えず、香四郎は小娘を睨みつけた。

「あい。番町のお邸《やしき》へうかがいましたところ、お引っ越しの最中で、殿様ならばもうじき両国橋の袂《たもと》にあらわれるだろうと、臥煙《がえん》の兄さんが」

「引っ越し、臥煙の政次《まさじ》が出てゆくと」

「いいえ。旗本峰近家が、お移りになるでありんす」

「当家が移ると申すは、まことかっ」

「知りぃせん。でも、番町では簞笥《たんす》や長持《ながもち》、鍋釜お茶碗まで、火消のみなさんが手伝い、お祭騒ぎ」

「こうしてはおられん――」

　走ろうとした香四郎に、禿は縋《すが》りついてきた。

「帰ったところで、主《ぬし》さんは役に立ちぃせん。であるならば見世に、来てくんなまし」

「なにを申す。幕臣が邸を移るとなれば、一大事。離せっ」

香四郎が突き放すように打ち払ったとたん、禿は顔をクシャクシャにして号泣しはじめた。

「ヒッ。ヒィッ、ヒィーッ」

両国橋西詰の広小路に、ときならぬ幼女の悲鳴にも似た泣き声が上がったことで、見世物《みせもの》小屋の立ち並ぶ繁華な広場は、たちまち人垣となった。

二本差した武士が、いたいけな小娘を邪険に扱ったとなれば、江戸っ子は放っておけない。

「どうしたんだ。娘を拐《かどわか》そうとしたんじゃねえか、それとも無礼討と――」

「世も末だぜ。侍が弱い者いじめ、それも子ども相手に……」

「やいやい侍っ、それでも男か。武士てぇなら、名乗りを上げろいっ」

野次馬に取り囲まれ、香四郎はなすすべを失った。

こんどはこちらが縋りつく番かと、香四郎は禿の耳へ囁《ささや》いた。

「娘、泣くでない。頼む」

顔を袖で覆った禿は、聞こえよがしの声を張って泣きじゃくる。

さすがに子どもに当たってはならないと、野次馬の礫《つぶて》は飛んでこなかったが、担ぎ商人の天秤棒に香四郎の尻は突かれた。

「分かった。そなたの見世に、参ろう。言うがままにいたすゆえ、泣き止《や》んでくれ」

「父《とと》さま。もう、わがままは申しません」

香四郎の降参に禿は顔を上げ、人垣をふり返ると抱きついてきた。

「――――」

群衆は口々に囃《はや》したてた。

「なんだ、父娘《おやこ》だぜ」

「お武家も同じだなぁ、泣く子にゃ敵《かな》わねえ」

囲んでいた輪が消えたので、香四郎は禿を放そうとしたが、しがみつかれた。

「これ。離さぬか」

「嫌でありぃす。また泣きますぇ」

「わ、分かったゆえ、大人しくせい」

禿を抱き上げた香四郎が天を仰ぎ泣きそうな顔をすると、禿は子どもらしからぬ声を放った。

「これ侍、大の男が、泣くでない」

拾った辻駕籠に子連れで乗り込めば、吉原の色里を目指すしかなくなっていた。

とはいえ、邸の引越しが気にならない香四郎ではなかった。

邸替えなど滅多にあることではないが、お祭騒ぎというなら嬉しい話なのかもしれない。

三百石の旗本とはいうものの、幕閣の末席に連なる海防掛並なのだ。

――大名家の中屋敷で、今より広いところ……。

能天気な香四郎であれば、悪いほうの解釈にはならなかった。という以上に、吉原の廓に向かう男で陰気になる者などどこにあろう。

天下の色里は、男にとって吉相を見る方位なのである。

二

午《ひる》すぎとはいえ、廓《くるわ》は賑っていた。

師走には少し早いが、寒くなれば芯《しん》から温まりたい男は大勢いるようである。

江戸市中にまだ雪はなかったが、人肌が恋しくなるのは生き物ゆえの習性《ならい》にちがいあるまい。

　連れられて来たものの、新妻を迎えた香四郎は、女と枕を交すつもりなどなかった。

　京の公家を出て、江戸に下向した姫君は市中に暮らすことなく、江戸城大奥の女となったが、幼すぎたことで将軍お手付とならずにすんだ。

　その姫さまが、どうした加減か旗本家、それも冷飯《ひやめし》あがりの香四郎のもとに降嫁したのである。

　徒《あだ》や疎《おろ》そかに頂ける妻ではないどころか、天下一の良妻だと知った上では、ほかの女など目に入るわけもなかろう。

　この春、ここ若竹《わかたけ》の若紫《わかむらさき》と睦んだことは憶えている。売れっこ花魁《おいらん》であれば、申し分ない女ではあった。しかし、もうその気にはならなくなっていた。

「申しわけないが、銭《かね》だけ置いて帰る……」

　香四郎はつぶやきながら、駕籠《かご》を出た。

「いらっしゃいまし。お待ち申し上げておりました。久しくお目に掛からぬ内、大層ご出世とのこと。見世の者一同、喜んでおります」

　若竹の番頭が、嫌味を含んだ挨拶で迎えてきた。

廓の者が見せる昼間の顔は、なんとも言い難い面立《おもだ》ちと物腰をするものだと、香四郎はつくづく見入ってしまった。

「なんでございましょう。わたくしめの顔に、なにか」

「分からん。廓見世《みせ》の番頭とは、おるのに居ないふうを作り上げよと言われるものか」

「峰近さまの仰言《おつしや》ることが、分かりませんです」

「つまり、間者《かんじや》に適しておるというのだ」

「かんじゃってぇのは、なんでしょう」

「甲賀や伊賀、いわゆる忍びの術を用いる足軽隠密で、術を使う以上に世間へ紛れることを第一といたす」

「紛れて見えますか、わたくし」

「うむ。商家の番頭や手代に見えぬばかりか、職人にも百姓、漁師にも思えぬ。学者、船頭、馬方、人足、芝居の雑魚《ざこ》役者にも、おまえのようなのはおらぬ。強《し》いて申すなら、店開きをしたばかりの藪《やぶ》医者かな」

「酷《ひで》ぇですよ、藪医者だなんて……」

苦笑いした番頭だったが、香四郎はいずれこうした男は使い道があるかもしれないと、昼間の吉原に来た甲斐をおぼえた。

「ところで番頭、名をなんと申す」

「熊十《くまじゅう》と申します。お笑いになりましょうが、正真正銘ほんとの名ですが、強かありません」

しゃべりながら、番頭は巧みに香四郎を見世の中に上げていた。

玄関先に銭だけ置いて帰るつもりだったものの、早くも敵の術中に嵌《は》まりつつあった。

禿《かむろ》は知らぬまに失《う》せ、入れ替わるように遣手《やりて》のお樫《かや》があらわれた。

「おやまぁ峰近のお殿様。ご出世、おめでとうございますです」

「出世したが、またぞろ三百石に逆戻り。おまえ方には、嬉しくない客さ」

「なにを仰《おお》せでございますやら。ご同輩の方々や上役《うわやく》のみなさまを、お連れなさいまし」

「遣手は、禿ばかりか、わたしをも客引きに使うつもりか」

「ですけど、御礼の代価はお払いいたしますですよ」

「左様なれば旗本は徳川家でなく、若竹家の支配下となるな」

「ご冗談ばかり。さぁさ、花魁がお待ちでございます」

香四郎は尻を押され、二階へ上げられてしまった。

「お榧。先刻の禿だが、子どもの内からあのような手練手管《てれんてくだ》を仕込めば、末恐ろしい花魁になろうの」

「禿が花魁になるなんてことは、滅多にございませんです」

二階の上り口で、香四郎の足は止まった。

「花魁に、なれぬと申すか」

「こんな話、お客さまに知っていただきたくはございませんが、禿という子どもは、見世の看板でございます」

「看板は売れっこの花魁、であろう」

声が高いと、遣手は香四郎を廊下の端へ招き寄せ、囁《ささや》いた。

「身を売る女は、十六からと決まっております。女衒《ぜげん》が連れて来た娘を、見世が買い求めるのはご存じでしょう。けど、禿は見世の主人の養女として迎えますです」

「いずれ十六となれば、見世に出すことになるではないか」

「見ればお分かりのとおり、禿は縹緻《きりよう》よしと決まってます。お客さま方はみな、十年もすればと心待ちになりますでしょう。あの見世の馴染みになれば、あの娘《こ》の水揚《みずあ》げはと……」

「そうはならぬのか」

「はい。美しい十六の生娘《きむすめ》は、見世に出る前に買い手が付きますですよ」

「女房とか、妾《めかけ》か」

香四郎の答に、遣手はそのとおりとうなずいた。

禿にしても十二、三になれば、身を売ることがどんなに辛いか気づいてくる。であれば、ヒヒ爺《じじ》ぃの囲い者であっても、花魁となって客を取るより有難いのだ。

「そうは申しても、幾らで手放せるか知らぬが、見世としては花魁として稼がしたほうが銭になろう」

「知らぬはお客ばかりなり。売れている花魁ほど、早くいなくなるものです」

「落籍《ひか》されるときは、大枚が払われるであろうゆえ、それは分かる」

「あの花魁は馴染のお客さまが付いてと、苦界から脱け出たように言い囃《はや》されますが、落籍された女の半分ほどは、胸の病《やまい》でもう出ることもままならない床に就いているものです」

年季が明ける前に使いものにならなくなるとは、見世にしてみれば元がとれないことでもあるのだ。

とするなら、禿とした養女に買い手がつくのは、本人にも見世にも有難いことなのですよと笑った。

「――。知らぬとは恥ずかしいもの、身を売る女とは哀しいな」

苦界のことばが、真に迫って聞こえた。

目の前にいる遣手は、たまたま丈夫で働きつづけられただけとなる。

「さぁさ、花魁がお待ちかね。おしげりあそばせ」

遣手は掌《てのひら》を返すほどの笑顔となって、香四郎を若紫の部屋へと導いた。

明るい内の廓といっても、窓ひとつない部屋は夜と変わらなかった。

若紫は香四郎が来たにもかかわらず、背を向けたままふり返ろうともしないでいる。

――拗《す》ねて見せるのも、手管か。

大人げないとは思ったが、色里の内情を知った香四郎は〝その手は桑名の焼蛤《やきはまぐり》〟をすると決めた。

昼日《ひるひ》なかの吉原にも、物売りの声が届く。

「ええ大根《でえこ》、大根」

色っぽくない売り声が、香四郎をニヤリとさせた。が、若紫はじっとしたまま動かない。

考えるまでもなく、色里に働く者たちも食事をするのであれば、大根も売りにくる。

カチャカチャと金具の音がして、定斎屋《じょうさいや》が通ったのが知れた。担いだ薬簞笥《くすりだんす》の鐶《かん》を、鳴らしながら歩く薬売りである。

「声を出さぬ定斎屋は、床に就く病人を思い遣《や》ってのことかな」

たった今、聞かされた女の末路を思ってのことばを口にしたものの、余計なことばだったかと頭を掻いた。

「…………」

花魁は、意地を張った。

「どうであろう。差込《さしこみ》や血の道という、女の病に効く薬でも買うか」

「奥方さまへ、お買い求めですか」

「――。妻女を娶《めと》ったと、知っておるのか。左様であるのなら、当家に長居は無用となる。さらばじゃ」

うまくいったと立ち上がったところ、花魁は飛び込むように抱きついてきた。

「帰さぬでありんす」

白い歯を剝《む》いた若紫は、狼《おおかみ》だった。

「済まぬが、その気にはなれぬのだ。払うべきものは置いて参るゆえ、そなたと致したことにしよう」

「わちきに主《ぬし》さんは恥をかかせ、それで済んだつもりで去りなんすか」

「だから睦んだことに致すと、申したではないか」

バコッ。

小箱が香四郎の顔に、投げつけられた。

「乱暴であろう」

「武士の向こう疵《きず》ならば、誉《ほまれ》でありいしょう」

転がった箱からこぼれ出たのは上質の薄紙で、ことの終わったあとに使うものだった。

「だからと申して、投げつけるものではあるまい」

「一戦が済み、この始末紙の有る無しが、わちきらの誉でありんすわいな」

位のある花魁は、後の始末は見世の女中にさせるという。やったのか、やらなかったものかは、これで分かってしまうと涙ぐんだ。

「なれば唾でもこぼして――」

パカン。

紙に口を近づけた香四郎の額に、文箱《ふばこ》の角が当たった。

「痛っ。酷いではないか、花魁」

「天下の色里の、これが仕来《しきた》りでござんすわいなぁ。うぅっ」

禿同様に大声で泣き出すと、香四郎は若紫の口を押えにかかるしかなかった。

嘘の涙とは、誰にも分かるだろう。しかし、これを止められないのは、客として恥となるのが、天下の吉原なのだ。

女郎を困らせた。

このひと言こそが、男を人でなしとみなす金言となっていた。

日に数千人の客が訪れる吉原での噂は、燎原《りょうげん》の火を見るより早いものだった。

「旗本の峰近って野郎が、若竹の花魁に恥をかかせたそうだ」

「太《ふて》ぇ奴だ。邸《やしき》に石を投げに行こうぜ」

祭好きな江戸っ子である。表門どころか屋根瓦を割られ、塀をズタズタにされるのは、覚悟しなくてはなるまい。

若紫の号泣は止まず、香四郎は唇を重ねて押えるしかなかった。

「…………」

ことばなど、無用になっていた。

あたり前のことだが、部屋には二人きり。邸にいる新妻のことなど、香四郎の脳裏から失せてゆく。

重ねられた唇の端から、涎《よだれ》が糸を引く。しかし、それを薄紙に吸わせることなど、もう忘れてしまった。

互いの息は鼻だけのものとなり、苦しげに荒くなる。荒くなれば気持ちは昂《たか》ぶり、抱き寄せあう腕にも力が込もった。

見世の部屋であれば、次の仕儀に移るのは必至となって、男は女の薄紅いろの襦袢《じゆばん》を、女は男の博多献上帯を解きはじめた。

その後のことは、互いに初めてのふりをする。大人の男女というより、獣《けもの》の雄《おす》と雌《めす》になるだけだった。

霜月《しもつき》の夕暮どき、香四郎は女を抱いたばかりの匂いをプンプンさせながら、家路につくことになった。

——今ごろは家の者が、わたしを待った上で新しい屋敷へ案内してくれるであろう……。

もう邸とは書かず、より大きな屋敷となるのだ。

江戸城を囲む大名小路の中とはならないまでも、上野寛永寺の山下あたりか、芝増上寺に近い大名屋敷の一郭《いっかく》、あるいは広さなら深川辺りの大名家下屋敷になっているかもしれぬと、香四郎は頭の中で酔いしれた。

武州中瀬河岸を今朝発《た》ってから、中食《ちゅうじき》ひとつ摂っていないと、鳴った腹が教えてくれた。

浅草雷門前で、屋台の蕎麦屋《そばや》が出てきたのを見て、立ち止まった。

「一杯、熱いところを頼もう」

「へいっ。少々お待ちねがいます」

屋台を出したばかりは、丼鉢も水もきれいなのが嬉しい。蕎麦屋も若く、鼻毛の出ているような爺《じじ》むささがなく、これまた有難かった。

「お寒くなりました。お侍さまは好《よ》いところからのお帰りのようで、ご機嫌でございますな」

「好いところ、と申したか」

「すいませんです。つい口が滑っちまいました。いえ、なに、目元が潤んでおいでなので、てっきり北州《ほくしゅう》からかと」

「――――」

北州とは吉原を指す隠語だが、子どもでも知ることばとなっていた。

蕎麦屋は疑いもなく、女を抱いたあとと指摘して見せたのである。

「そんな目をなさっては、いけませんや。あっしは八卦見《はっけみ》の易者《えきしゃ》でもなけりゃ、辻に立つ占い師でもないです」

「そなたは今、目元が潤んでいると申したが、ことの後とはそう見えるものなのか」

「えっ。参ったなぁ、そう言われましても、どう返答してよいものか分かりませんです」

「吉原の者でも、目元云々《うんぬん》との話はしてくれぬのだが」

「そうでしょうね。あっちも商売ですから言わぬが花、ってところですか……」

若い蕎麦屋は笊《ざる》を手に、鍋から上げた蕎麦の湯を切った。

ピチャ。

「いけねえ、湯が跳ねましたか。いまだ半人前でいやがると、親父に叱られちまう……」

「跳ねはせなんだが、そなたは二代目か」

「あはは。屋台で二代目とは、お笑い草です。親父にしても、根っからの夜鳴き蕎麦じゃございませんで、なにを隠そう足軽でした」

「足軽が屋台を、曳《ひ》くようになったか」

「お待ちどう」

湯気の立つ丼が割箸とともに差し出され、香四郎は受け取った。

なるほど、蕎麦屋の目つきは屋台者のそれとは異なっているように思えなくもない。

「嫌でなければ話してみぬか、親父どのが屋台を曳くようになったわけを」

「仕方ねえのです。片輪になっちまったんですから」

「けがを負ったと申すなれば、無理もないな」

「ほんとは、それなりの弁償ってんですか、埋めあわせの銭が出るはずだったそうです。ところが、出してくれるってお人が牢屋にぶち込まれて、話はなかったってことになりました……」

「気の毒な話だが、牢に入れられた者は博打《ばくち》でもやったか」

息を吹きかけながら、香四郎は熱い蕎麦をすすった。

「そりゃ足軽に、博打好きはいますがね、そんなことくらいで長いあいだ獄につながれはしませんです。うちの親父は、耳が駄目になったんで」

「喧嘩か」

「いえ、大きな声じゃ言えませんが、砲術の調練で、ドカンと耳を――」

「徳丸ヶ原の、高島秋帆どのの」

「ご、ご存じでございますか」

香四郎と蕎麦屋は、棒立ちとなって顔を見合わせた。

四年前、武州板橋宿に近い鷹場《たかば》だった徳丸ヶ原で、秋帆は洋式の砲術調練をおこなっていた。幕府の命によるものである。

ところが翌年、秋帆は異国と交易をする長崎会所の杜撰《ずさん》な運営を理由に、江戸伝馬町《でんまちょう》の牢獄へ送られたのだった。

「迷惑をこうむったは、秋帆どのだけではなかったか……」

「お侍さまは、秋帆どのと仰言《おっしゃ》るからには、お味方でござんすよね」

「味方と申すより、助太刀したい側だ」

秋帆を岡部へ護送する役人とは口に出せないが、香四郎は大きくうなずいた。

「うちの親父だけじゃありませんで、耳をやられちまったのは」

「耳をやられたとは、爆音というあれか」

「へい。もの凄い音と突風だったそうで、知っていたなら耳に綿でも詰めていたって……」

「大勢おるのか、耳がいけなくなった者たちは」

「足軽仲間で九人、ほかにも二十人ほどが使いものにならなくなっちまいました。耳だけじゃありませんで、手の指を失《な》くした者もいたそうです」

「…………」

幕府は秋帆の砲術を、侮《あなど》っていたにちがいない。言い方を換えれば、異国の威力をまざまざと知ったときでもあった。

が、駄目になった足軽を助けはしなかった幕府の代わりに、秋帆が手を差し伸べようとした。ところが、獄につながれてしまったのだ。

二重の失態を演じた幕府だが、香四郎はその下にある旗本なのである。

蕎麦をかっ込み、過分の酒代をはずんで屋台から離れた。

世間知らずの旗本だと、香四郎はここでもまた気づかされて自身に腹を立てたが、どうすることもできなかった。

知らぬが仏だった自分が大きな屋敷を手にし、ぬくぬくと生き永らえようとしている。

「神も、仏もないのか」

世の中の理不尽、不公平を嘆いた。

目を前に向けると、寺町が広がる中に稲荷社の赤い鳥居が見えた。

「もう祈るのも、願うのも止めだ」

声を立てた香四郎に、信心にやって来たらしい老婆が不心得者めと、手にしていた念珠を揉みしだいた。

三

見馴れた番町の街なみを眺めつつ、この町ともお別れと香四郎は妙な感傷に、胸の内を濡らしていた。

年の離れた兄たちに遊んでもらった御城の外濠、隣の麹町の団子屋には貧乏旗本の末子と助けてもらった……。

——今度は、こちらが助ける番。

言い切ったつもりで、峰近家の門をくぐったところに、用人格の和蔵《わぞう》と臥煙の政次が待っていた。

「殿。幕府の命にて、転居となりましてございます」

「うむ。禿《かむろ》が教えてくれた」

余計なことまで言ってしまったと、香四郎は咳払いをして見せた。

「すでに邸《やしき》の物は運び出してございますゆえ、ご一緒に」

「左様か。どこへ参る」

「小淀《こよど》と申しますところです」

「聞き馴れぬ地だが、どこにある」

「ご府内を離れました中野村で、四谷見附より西へかなり先となります」

「――。大名家の別邸か」

「いいえ。その昔、五代将軍綱吉公が犬小屋を建てたお犬さまを囲いましたところだったと……」

和蔵のことば尻が消え入りそうになり、まちがっても栄転ではないと知れてきた。

「わが峰近家は、犬小屋になるのか――」

「瘠せても、旗本。犬小屋はもう百五十年も前のことなれば、今は瀟洒《しょうしゃ》なという以上の豪勢な庭園となっておりますそうで」

「すると、庭のある小屋に暮らすことになるのか。左遷となれば、致仕方なかろうな」

「はい。殿にはしばらく、ご辛抱をと申し上げねばなりません」

爆風で耳や手指を失う足軽があれば、火薬《ひぐすり》を隠した罪で降格となる旗本がここにいる。

「おまえ達は、その犬小屋もどきには行っておらぬのか」

「当家の後始末を仰《おお》せつかりまして、奥さまは用人おかねさまともども今朝早く、中野村へ向かいました」

「さぞや落胆しておったろうな」

「気丈なおふた方でして、物見遊山ですねと浮かれた様子で」

おいまの明朗さが、またもや家の者たちを救ったようである。

「しかし、さぞや犬くさいのであろうな」

「百五十年もたてば、そこまではないかと思います」

「ところで、当家にはどなたが入って参るのだ」

「聞きましたところでは、しばらく空き家。いえ、空き邸とされるそうでございます」

「まだ火薬の甕《かめ》が隠されているかもと、探るのであろう。旗本の信義も、地に堕ちたものだ……」

　黙っていた政次が、笑顔で言い募ってきた。

「ご府外となりましても火消連中が随《つ》いていますから、それなりの邸を造り、火見櫓《ひのみやぐら》の一つでも上げさせます」

「旗本の邸に、火見櫓か」

　笑った。

　江戸市中を離れた村なら、文句は出ないという。

　五重塔ほどの高さになれば、江戸を見下ろせるはずと力説した。

　日は暮れてしまった。荷物もない三人は、寒さに懐手《ふところで》をして首をすくめながら歩きはじめた。

　都落ちである。

　伊勢物語の在原業平《ありわらのなりひら》がどのような心持ちでいたかは知るよしもないが、峰近香四郎は幕府海防掛並となったのであり、高島秋帆を武州岡部まで無事に護送する役目もあるのだ。

「嘆いてはおられぬが、おまえ達や七婆衆《しちばばしゅう》たち女中らは小屋に住めるのであろうか」

「どんなもんでしょうね。あっしや婆さん方は、厩《うまや》かもしれません」

「仕方あるまい。辛抱せざるを得ぬか……。ところで、花火師の鍵屋《かぎや》へ預けた例の甕はどうなる」

秋帆の護送もだが、火薬の行方は気に掛かるものとなっていた。

「火消の棟梁《とうりょう》の話では、武州岡部で大仕掛けの花火祭をするって名目で、来夏に」

「そうか。両国の川開き同様の、祭を催すと」

幾つもの花火を上げるとなれば、火薬は堂々と運び込め、岡部藩主の安部家へ送れるにちがいないのだ。

そこで高島秋帆と火薬が、ようやく結びつく。

香四郎は光明を見た気になった。

長兄がどんな経緯《いきさつ》で大量の火薬を預ることになったか不明だが、峰近家の役割を一つし終えることになろう。

三人は四谷見附から、甲州街道口となる内藤新宿を抜け、野みちのようなところを歩いた。

灯りは、政次の手にする提灯《ちょうちん》ひとつ。江戸市中のように店の灯《あか》りがない上、常夜燈《じょうやとう》もなかった。

「盲《めしい》になるとは、かようなものか」

香四郎のつぶやきに、政次がことばを返してきた。

「按摩《あんま》さんたちは、並外れて耳がいいんです。杖《つえ》ひとつで、小石だって避けて歩けますさぁ」

「なるほど。なれば摺《す》り足《あし》で進むか」

言った香四郎だが、妙な物を足の裏に感じた。

「――――」

「殿。いかがなされました」

「和蔵。嬉しくない物を踏んだ。馬糞《まぐそ》らしい」

「運が付きましたようで」

「それを申すなら、運の尽きであろう。なんということか、できたての糞はまだ温かい……」

しっかり踏みつけたらしく、川舟から下りたままで草鞋《わらじ》だった香四郎は、足袋《たび》にまで嬉しくない物をまとわりつかせていた。

「替えの足袋もございませんゆえ、わたくしのでよろしければ」

和蔵が申し出たが、大きさがちがいすぎる。政次は冬でも裸足であれば、香四郎はがまんするか脱ぎ捨てるしかなかった。

先行きが暗いように思えると、ますます都落ちの気分に沈んだ。

「一里ほどの道なれば、このまま参る」

ニチャニチャと、歩くたびに音を立てながら馬糞は絡みついてきた。

両国橋に下り立って以来、禿をはじめ纏《まと》わりつかれる香四郎だった。

さらに邸を追われる身と知れば、尚《なお》のこと夜空ほどに暗くなってきた。

暗いなどという生やさしいものでなく、香四郎の眼前にあらわれ出た真っ黒な森が、途方に暮れさせた。

「人の住むところではないようだな」

「狐《きつね》か狸《たぬき》あるいは天狗なんぞが、餌を漁《あさ》っていそうなところではありませんですかな」

「仕方ありませんや、あっしらは厩なんですから。和蔵さん、なんでしたら臥煙の溜り場に住み込めるよう口を利きますぜ」

「ねがい下げだよ。おまえさん方のところじゃ、やかましくて眠れないからね。あぁっ」

「いかがした。和蔵」

「踏んでしまったようで、馬の……」

「まぁ、よしとせねば。人家はなくとも、馬は通るところのようだ」

昼間は繁華だと笑ったものの、肝心の家なり小屋がいっこうに見えてこなかった。

「はて、この辺りのはずなのですが」

「道をまちがったか、和蔵」

「夜でございますからね。戻りましょうか」

和蔵が馬糞で汚した足を引きずりながら踵《きびす》を返そうとしたところへ、女の声が立った。

「お待ぢ申して、おりましてございまずぅ」

「――。で、出たっ」

政次が飛び上がると、和蔵は駈け出し、香四郎は差料の柄《つか》に手を掛けた。

声のしたほうを見たが、薄《すすき》のようなものが揺れているだけで、ものの怪《け》の様子は知れなかった。

耳を澄ます。

カタリ。

下駄の足音にも聞こえ、身構えた。

——天狗があらわれたか……。

狐狸《こり》妖怪を信じる香四郎ではなかったが、先日来の仕掛けは水戸徳川の何者かなのである。

水戸といえば、革新を言い立てる一派を天狗党と呼んでいたのを、思い出したからにほかならない。

香四郎を番町の邸から追い払い、府外の中野村へ向かわせて襲う。考えられないことではなかった。

「天狗とやら、正体を見せいっ」

「お、お殿様っ。わたくし、おつねにございます」

七婆衆の一人で、市中の質屋へ資金を貸し付ける上質《うわじち》を生業《なりわい》とする加太屋《かぶとや》の女中頭《がしら》だったおつねは、峰近家の女用人おかねが引き抜いた五十女だ。

「まことか」

「喉を、風邪でやられてしまって」

政次が提灯をかざすと香四郎の背後から、瘠せぎすな女中がうかび上がってきた。

「なんですねぇ、おつねさん。声色《こわいろ》を使って脅かすなんて、酷《ひで》ぇじゃありませんか」

「政さん。あたしはなにも脅かそうなんて、ゴホ、ゴホッ」

咳が止まらず、おつねは背を向けて肩を上下させた。

「おつねは胸を患《わずら》ってか」

女郎の多くが胸の病《やまい》で死ぬと聞いたばかりの香四郎であれば、気づかった。

「おほ、おほほっ。ゴホッ」

笑いながら咳込んだおつねは、手を顔の前で横にふって、ちがうと答えた。

「ところで、おつねさん。納屋《なや》だか小屋は、どこにあります」

戻ってきた和蔵が、引っ越し先となった家の在りかを訊《たず》ねた。

「納屋も小屋も、五つ六つはございますですよ」

「良かったじゃねえですか、和蔵さん。小屋がたくさんあるなら、鼾《いびき》に悩まされることなく別々に寝られまさぁ」

「おふた方は、馬掛《うまがかり》に」

真顔で問い返すおつねに、男たちは互いに首をかしげあった。

「馬とはどういうことか、おつね」

「殿様のお馬もご一緒できる厩があるほどほどに、広いのでございますよ」

言っている話が、よく分からなかった。馬と聞いて思い出したのは、祝言《しゅうげん》の進物の一つに老中の松平和泉守からの馬があったことで、番町の峰近邸では扱いかねると、預けとなっていたことである。

「広いのか、引っ越し先は」

「えぇ。お馬の調練ができるほど広く、畑の一反《いったん》二反は難なく取れると、用人おかねさまが」

「そうか、そうであろうな。百姓地に住まうのなら……、旗本が」

「殿。これも天が与えた試練。わたくしどもも額に汗して、鋤鍬《すきくわ》を持ちましてご奉公いたします」

「あはは」

女中おつねが大笑いすると、和蔵は腹を立てた。

「元商人だからと、甘く見るんじゃない。お家の大事となれば、肥桶《こえおけ》だって担ぎますよ」

「そういえば和蔵さん、なんだか馬の臭《にお》いが」

「あぁ、馬のなにを踏んだんだ。田舎は、これだからいけない。おつね、井戸へ案内しておくれでないか」

「はいはい。どうぞ、こちらのほうへ」

案内役に導かれ、森か雑木林ふうの暗い中を進んでゆくと、淡い月あかりに墨一色と思われる板塀《いたべい》が、長い芝居幕のようにあらわれた。

「表口は、こちらでございます」

右手に半丁ほど歩くと、大きな冠木門《かぶきもん》がはっきりと目にできた。

「なるほど広い。晴耕雨読《せいこううどく》をせよと、幕府は暗に示したか……」

閂《かんぬき》が外され、三人は中に足を踏み入れた。

月あかりでよく分からない。が、男たちの気配で中にいる者が玄関とおぼしきところを開けた。

「………」

家中の灯りが表にあふれ、玄関の設《しつら》えが目に飛び込んだ。

「あっ」

和蔵が声を上げるまでもなく、壮麗な太い木組《きぐみ》の柱や梁《はり》、おまけに式台は造りたての艶《つや》があり、まるで大名家の屋敷そのままを見せてきた。

「百姓名主の邸であったとしても、いささか贅《ぜい》が過ぎるが、いったいこれは――」

香四郎がつぶやくと、出てきた用人おかねがことばを継いだ。

「番町のお邸をさらに粗《あら》さがしするつもりらしく、お殿さまが留守のあいだ、幕府目付方の組頭さまたちがいらっしゃいました。それが一度ならず、二度三度とつづき、お邸を払いましょうと奥さまが」

「おいまが、申し出たのか」

「はい。ご老中さまに伝えましたところ、すぐに承諾を得ましてございます」

主《あるじ》の香四郎より、実家が公家一千六百余石の今出川家の姫の申し出なら、難なく通ったにちがいなかった。

「となると、当地は公家の」

「いいえ。おつねさんの働きで、加太屋さんが動いてくれました」

「上質の分限者《ぶげんじゃ》、加太屋誠兵衛《せいべえ》の……」

「中野小淀のここは、誠兵衛さんの別邸の中でも一番広く、江戸市中からもさほど遠くございませんし、世間の目もやかましくないと思った次第でございます」

おつねは加太屋の女中頭を長いこと勤めた女であれば、話を持ってゆくのに大した苦労はなかったのかもしれない。

が、たやすく決まることとは、ときに危ういものを孕《はら》むときがあった。

「言うがまま差し出したのですから、代わりに頂戴できますものがございますなら、なにとぞ……」

そう言う加太屋は、銭《かね》でなく名誉だろう。

「都のお公家さまとは、昵懇《じっこん》の間柄でしてな。困った折の口添えなれば、致しますよ」

大名への貸し倒れに札差《ふださし》が泣きつかれたとき、官位の高い公卿の力は役に立つのかもしれない。

すなわち邸を借りた香四郎は、弱味のようなものを加太屋に握られることでもあった。

「戻るしかあるまい。番町に目付が毎日通ってきても、がまん致す。引っ越すのは、取り止めだ」

香四郎は、声を張った。

「あなた。さようなお腹立ちを、情けないとはお思いにならないのですか」

耳に心地よく響く声の主は、新妻おいまだった。

ふり返って見た妻の顔に、慈母《じぼ》観音ほどの仁愛がうかんでいた。

「左様に申しても、商家の言いなりになるのは幕臣として――」

「商人は武士の下で、その上に公家がいるとでも仰《おお》せですか」

「ま、まぁそうなるか」

「人の道に外れているとは、思えないとのお考えですね」

おいまは、言い切った。

「いや、そこまで考えて申したわけでは……」

家の者が揃う中、香四郎が返事に窮して首の後ろに手をやると、おいまの黒目がちの瞳が開いたように見えた。

「香四郎さまは、中へ。みなさんは引っ越しの片づけをつづけて下さい」

叱られるらしいと、和蔵も政次も七人の婆さん女中たちも用人おかねまでもがうつむきながら、肩で笑って玄関を出ていった。

式台から上がろうと草鞋を解《と》こうとした香四郎は、馬糞で汚れている足に気づいた。

「これはいかんな、洗わぬと上がれぬ」

「井戸がございます。こちらへ」

玄関脇に出入口があり、細長い土間があるようだ。

「なるほど、ここから外へ出られるのか」

導かれるまま行くと、土間の拡がったところに内井戸があった。

井筒に組まれた井戸は小ぶりだが、周りに簀子《すのこ》が敷かれて清潔な上、冬となった今でも屋根と壁で寒くないのが嬉しい。名主百姓の家を改造したらしく、旗本邸でもこうした設えは少ないだろう。

汚れた足袋まで脱いで、香四郎は水を汲み上げた。

そこへ桶が差し出された。汲み上げた水を桶にと思い、入れようとしたとき、中から湯気が立っているのが薄あかりの中で分かった。

おいまが運んできた桶には、湯が入っていたのだ。

「心尽くし、痛み入る」

「女房に、礼など無用です」

言うが早いか、おいまは襷掛《たすきが》けとなり、馬糞まみれの香四郎の足を洗いはじめた。

「おまえの仕事ではなかろう。女中にさせい」

「いえ。旦那さまの御《お》み足《あし》には、誰も触らせたくありません」

「さ、左様か」

昼下がりの吉原で花魁《おいらん》がとは口が裂けても言えないと、香四郎は口を真一文字に閉じた。

「武州からの帰路、さぞや寒うございましたでしょう」

やさしい手が足を包み、親切すぎる気遣いが矢のごとく心に刺さってきた。

真綿で首を締められているかと、目を白黒させた。

「お答えがないようですが、風邪をひいたのは、おつねだけではないようですね」

「確かに、おつねは鼻声であったな」

「旦那さまが直に帰るはずと、ずっと外で待っていたのです」

「済まぬことをした。遅れたゆえ……」

「そうでしたか」

無表情なばかりか、無感情な新妻のひと言は、二ノ矢となって夫の顔をしかめさせた。

「向かい風の川舟とは、なかなか厄介で」

「温めてもらえたのですねぇ」

「えっ」

「衿《えり》のところに赤い痣《あざ》が」

「ん。痣とは」

口で吸われた跡かと香四郎が首に手をやると、おいまは目を細めて立ち上がった。

「お憶えがございますのですね。千住宿、それとも吉原ですか。まさか、芸者とか――」

「首すじに、跡が赤く……」

「まぁ正直者ですこと。赤い痣などございません」

「――――」

罠に掛けられたのは、虎でも熊でもなく、香四郎という羊だった。

「武士の妻でございます。焼餅とやらを火の上に載《の》せはいたしませんが、天下の旗本ともあろう方が堂々となさらぬのは、情けのうございます」

目の高さを香四郎に合わせようと、おいまは踏台の上に乗ると、面を切ってきた。

「なるほど峰近の妻女どのは、男に伍《ご》すほどの身分ある家の出なるゆえ、夫のわたしを叱ることなど——」

パチン。

頬を張られ、わけが分からなくなった。

「まだお気づきになられませんか、身分とやらが夫を叩いたのではございません。人の道に外れてはいけないと、天に代わってわたくしの手が……」

泣き顔に嗚咽《おえつ》が加わって、おいまは踏台から落ちそうになるところを、香四郎は抱えた。

そのままましがみつかれ、香四郎の首すじを新妻の涙が伝ってきた。

「済まぬ。まことに至らぬ夫が、そなたを困らせたようだ。寄り道をせず、まっすぐ家路を急《せ》くべきであった。このとおり、謝る。赦《ゆる》してくれ」

きつく抱きしめると、十六歳の新妻はオイオイと泣きはじめた。

抱きかかえたまま、寝所《しんじょ》へと思ったものの、新しい邸の設えを知らない香四郎である。

どうしたものかと、立ち止まった。

おいまは身もだえするように床へ足をつけ、夫を部屋へと導いた。

——十六の姫君が、花魁なみのことをいたすとは……。

廊下を進み、襖《ふすま》を後ろ手で開けた新妻は、抱きついたまま唇を重ねてきたのである。

四

翌朝、聞き馴れない鳥の声に起こされた。

夕食も摂《と》らず眠ってしまった香四郎は、がっしりとした梁《はり》が縦横に組まれた天井におどろいた。

百姓名主の邸《やしき》としても、豪壮にすぎるのだ。

「お目覚めにございますか」

用人おかねが、顔洗いの湯桶を手にあらわれた。

「おはよう。おかね、大層立派な邸であるようだが、加太屋は奢侈《しゃし》禁令《きんれい》を犯してまで、かように建て直したのか」

「奢侈云々《うんぬん》は、五年ごとに出されては消える戒《いまし》めの一つ。当今は引っ込んでおりますです」

洗い桶を置きながら、女用人は見事な蒔絵《まきえ》を見せつけてきた。

「加太屋の誠兵衛さまが、新しい家紋をと創らせたそうにございます」

桶には金襴《きんらん》蒔絵の峰に月がかかる意匠の図柄が、巧みに嵌《は》め込まれた紋が躍っていた。

「かような水桶ごときに、家紋を」

「はい。先祖代々の峰近家の御紋をないがしろにするかと、お殿さまが怒ることも考えられますゆえ、とりあえず洗い桶から試すことになりました」

「当家の紋が、峰に月となるか」

「いかがでございましょう。当代のみがお使いになる限り、ご先祖さまはお怒りにはならないと思います」

「峰近香四郎の紋と申すのだな……」

魅せられてしまった。おのれ一人の紋。着る物から持ち物に至るまで、名入り同様の図柄となるという。

「しかし、新しく誂《あつら》えるとなれば、安くはあるまい」

「お腹立ちなさらず、お聞き下さいませ。加太屋さんは、ご当家の後ろ楯をねごうておるのです」

「やはり銭《かね》の次は、誉《ほまれ》をと――」

「誠兵衛さまは、さような俗物ではございません。よろしくないこととは思いますが、弘化二年の今は銭がもっとも役立ちましょう」

「であろうが、銭とは人を狂わす魔物でもある」

「承知しております」

おかねの目が、昨夜のおいま以上の凄味を見せたことで、香四郎はうなずくしかなかった。

口を濯《すす》いで顔を洗うと、香四郎の背後に立ったおかねが月代《さかやき》を剃るべく、頭を濡らしてきた。

「今朝は、妻でなく用人どのが剃刀《かみそり》をもつか」

「はい。奥さまは明け方、月のものがはじまりましたゆえ」

「………」

女のそれは不浄であると、今日の今日まで気づけないでいた。

年が明けたなら、香四郎は二十三となる。

もう冷飯食《ひやめしく》い上がりの旗本と、言いわけがましいことは口にできないのだ。

幕臣として将軍を守り、民百姓を盛り立てるべく働かなければ、人の道を逸《そ》れることになってしまう。

頭の上を、用人が手にする剃刀が滑っていた。目を閉じると、ふたたび聞き馴れない鳥の囀《さえず》りが耳に入った。

「あの鳥はなんと申す」

「冬になると渡ってくるそうで、尉鶲《じょうびたき》とか」

「じょうびたきとは、はじめて聞く名である」

「鶫《つぐみ》の仲間で、腹が橙《だいだい》いろだと加太屋さんが教えて下さいました」

腹の白い鶫とは区別できるとも言う女用人は、町なかにしか暮らしたことのない自分は無知ですと、はにかんだ。

世間に隠れる分限者《ぶげんじゃ》の加太屋は、なにごとにも詳しいらしい。とするなら、ここは一つ身を預けてみようと香四郎は心に決めた。

世間を知る用人おかねとは比べられないほど無知な自分と、香四郎は初心に還る気になった。

「都落《みやこお》ちも、わるくないな」

「そうでございます。ご覧なさいませ、お庭を」

唐紙を大きく開け放ち、おかねは広い庭を示して見せた。

松の古木が枝を張り、葉を落とした銀杏《ぎんなん》が等間隔に立つ内側は、池となっていた。

「お寒うございましょう。閉めます」

「いや、そのままで。間抜けな旗本は、頭を冷やさねばならぬようだ」

広大な庭という以上に借景を抱えている府外の屋敷は、生まれ育った番町の旗本邸を離れた香四郎に、新たな息吹をもたらせそうだった。

「殿さま、朝餉《あさげ》のお仕度が調《ととの》っております。こちらへ」

「この屋敷のどこも知らぬわたしだが、ふと思ってしまったよ、人のことはもっと分からぬと」

「加太屋誠兵衛さまのことなら、おいおい」

「ちがうよ。知らぬとは、用人かね子どののこと」

「えっ」

女用人の顔いろが、変じた。

「今の今まで、わたしは疑問と思っても口に出すのは憚《はばか》られた。信じなかったわけではなく、頼りに思えたからである」

「ありがたいおことばでございます」

「公家の老女であったとは、老中阿部伊勢守さまより聞いておる。旗本家の部屋《へや》住《ずみ》にあった身が、破格の出世をしたものの、今また三百石となって都落ち。にもかかわらず、おかねも屋敷も銭までもが付いてきた」

「ご仁徳でありましょう」

「馬鹿を申すな。老女かね子、おまえは何者ぞ」

「――。何者と仰言《おつしや》られましても、お公家はんのところに親の代より仕《つか》えさせてもろて……」

「おまえの京ことばは、決まって曖昧《あいまい》なときに限られる。怒らぬゆえ、正直に申せ。おかねは老中子飼いの、女間者《おんなかんじや》か」

「女間者、わたくしが」

よりにもよってと、おかねは呆《あき》れ顔で目を丸くした。

「確か大奥の筆頭御年寄、姉小路《あねこうじ》どのとは肝胆相照《かんたんあいて》らす仲……。思い出した。毛利家上屋敷にあり、かね子は還俗した身であるともな」

「武家の女《お》なごとは、浮き草のようなもの。水の中に引き込まれもすれば、摘まみ出され踏まれることもございます」

「その浮草が役にも立たぬ旗本のもとへ、なにゆえやって参ったかと訊いておるのだ」

香四郎は鋭い目を向けたものの、軽くあしらわれてしまった。

「なれば申し上げましょう。峰近香四郎さまの人品骨柄《じんぴんこつがら》を吟味し、朝幕合一《ちょうばくごういつ》を計ろうとの主上《おかみ》の叡慮《えいりょ》にございます」

「叡慮と――」

公武合体とも呼ばれる朝廷と幕府の姻戚《いんせき》をつくっての接近は、いずれ将軍のもとへ皇女が嫁ぐことを指した。

有力公家の娘が正室として輿入《こしい》れすることはあっても、将軍の正室に天皇の血を引く皇女がなることはなかった。

あり得ないことだったのであり、絶対あってはならないと主張する一派も少なからずいた。

「以前にも申しましたが、お殿さまはその試金石でもあるのです。大名家に御正室として入る公家の娘はございますものの、幕臣旗本では考えられませんでした」

「わたしは、試し。見張られていたわけだ」

憮然《ぶぜん》として見せた香四郎だが、おかねは向き直ってひときわ声を立てた。

「見張られていたのではなく、この先もずっと見張られているものとお考え下さい」

「まだつづく……」

「奥さまとの仲はもちろん、いずれお生まれになるであろう御子《おこ》も含め、主上ばかりかご老中もまた、注視しておられますです」

「――――」

のうのうと旗本の席を温めているわけには行かず、それなりの功を立てて出世をしなければならないことでもあった。

「耐えられぬと仰《おお》せなら、腹を召しませ」

「おいまを遺《のこ》して、死ねるものか」

香四郎は言い放った。

「そうで、ございましょう。なれば今後とも、ご精進をねがう次第」

用人は出て行った。煙《けむ》に巻かれたのである。

「あっ、朝飯」

右も左も分からない屋敷を歩きまわるわけにも行かず、おかねの尻を追った。

居間と称する食事処は、番町の邸の客間ほどの造りを見せた。それどころか、一段高い上座が用意されていた。

下座には、和蔵と政次に七人の老女中が控え、香四郎の着座を待っていた。

「おはようございます」

和蔵の挨拶に、一同が頭を下げる。上座にすわった香四郎は、将軍に拝謁《はいえつ》したときを思い出した。

自分と家の者たちとのあいだは、畳五枚分も隔《へだ》たっている。だからといって、足を投げだすような無作法はできそうにない。

香四郎は天井を見上げてしまった。

柾目《まさめ》の通った板がきれいに嵌《は》まる天井が、見張っているぞと言わんばかりに見下ろしていた。

背すじを伸ばし、すわり直したときに気がついた。寝間着《ねまき》のままだったのである。

「済まぬ。着替えねば――」

「殿、どうぞそのままで」

「そうだな、和蔵。都落ちの旗本なれば、これでよいか」

「捨《す》て鉢《ばち》になられては困ります」

横の襖《ふすま》が開き、おいまが顔を出した。

「いや、着替えて参ろう」

「着替えなら、ここにございます」

差し出された着物は、火熨斗《ひのし》を掛けたもので、香四郎はがんじがらめになったかと目を閉じた。

ふと思い出した戯《ざ》れ唄《うた》があった。

〽おまえ待ち待ち蚊帳《かや》の外　蚊に食われ　七つの鐘の鳴るまでも　コチャ構やせぬ　コチャヘコチャヘ
吉原の禿《かむろ》が歌っていたことで、香四郎は女郎の思いを唄にしているものと信じて疑わなかったが、これは廓《くるわ》へ遊びに行ったきり帰ってこない亭主を朝まで待っている女房の思いではないかと、気づいたのである。

目を開け着替えようと立ち上がったとき、満面の笑みをした新妻を見つけた。

下座にいる者たちまでが、おいまの笑顔に、声にならない讃嘆をつくったのが分かった。

夢の中にいると思えて、おのれの至福に香四郎は酔えたのである。なにもかもが、自分を寿《ことほ》いでいる気になってきた。

天井板から家の者たち老中や主上に至るまで、峰近香四郎を見つめてくれているのだ。

——見張られておるのではなく、見守っている。

帯を締め終え、どうだと莞爾《かんじ》の笑いをして見せた。

「みなの者、都落ち、めでたいな」

「はい。まことに、おめでとうございます」

大勢が見ている中でも、香四郎はひとり気にすることなく膳の物に箸をつけられた。

「美味《うま》い」

陽は高く昇りはじめているのか、広い居間は明るんでいた。

気づかなかったが、水の音が聞こえた。渓流のせせらぎのようで、箸を止めて耳を澄ました。

「庭を、小川が流れております。先ほどの渡り鳥は、その水を求めて参るのです」

「尉鶲《じょうびたき》であったな。存分に飲ませるがよい」

香四郎の殿様ぶりに、一同が笑った。

〈二〉船中の争奪戦

一

明五ツ刻《どき》。府外の中野小淀村《こよどむら》は、ときならぬ騒ぎが起きていた。

「なんだべな、立派なお駕籠《かご》が杜《もり》の中へ入《へえ》ったみたいぞ」

「杜の中にあるのは江戸の兜屋《かぶとや》という大店《おおだな》が、妾《めかけ》のためにと建てた別邸じゃと聞いたが――」

「馬鹿こくでねえ。駕籠はお武家の、それも大層なもんじゃったでねえかよ。囲った女のおるような邸に、やって来るものか」

「なれば、兜を買うためだ。お大名が、内緒に来たんだべ」

「いよいよ、戦《いく》さ――」

村の百姓といえども、近海の沖に黒船が出没していることを知っている今だった。

ほんの数年前まで、関ヶ原なみの戦さなど昔話と、笑いあったろう。ところが、とうとう兜を必要とする一大事がはじまるのかと思い込んだのだ。

弘化二年、霜月《しもつき》。六十余州にあって黒船を目にした者は少ないが、知らない者はいなかろう。

加太屋《かぶとや》と書くことなど誰も知るわけはなく、村びとたちは急ぎ足で家にと帰って行った。

峰近《みねちかけ》家の新しい屋敷に来た駕籠は、老中首座阿部伊勢守が差し回したもので、新参の海防掛並《かいぼうがかりなみ》となった香四郎《こうしろう》が登城するためとなっていた。

「新屋敷には厩《うまや》もあるようなれば、次は旗本らしく馬にてご登城がねがえますな」

駕籠とともにやって来た供侍《ともざむらい》が、香四郎に笑い掛けながら念を押した。

「いずれそうなろう。まだ馬も当地に馴れ親しんでおらず、江戸市中で暴れては迷惑かと……」

香四郎は馬に乗れない。二度ほど跨《また》がり市中を進んだことがあったが、駈けてもいない馬上からずり落ちそうになっている。

政次《まさじ》が耳元で囁《ささや》いた。

「馬ってやつは、人を見ると言います。習うより馴れちまえば、乗りこなせますです」

「人を見るか、馬に嫌われぬとよいのだが……」

冗談にもならなかった。女にも手こずる香四郎であれば、ことば一つ通じない生き物と仲良くできるはずもない。

「旗本が落馬したとよ」

この噂が広まれば、御役ご免はまちがいなかろう。

幕閣の末席にある旗本として、香四郎は当然のごとく駕籠の人となった。

外から草履取《ぞうりと》りが扉を閉めてしまうと、暗く狭い中は窮屈である。

「お立ぁち」

供侍の声で、乗物は持ち上げられた。

担ぎ手の陸尺《ろくしゃく》は、四人。辻駕籠の二人とは、格段にちがうはずだった。

グラッ。

動きはじめたとたんに揺れ、中の香四郎は両手を張って堪《こら》えた。

「これ、しっかりせい」

陸尺を叱ったのは供侍で、どうやら頼りない者を四人あつめたようである。

というのも、四人の内で二人がしっかりしている限り、揺れたりはしない。が、傾いでしまう駕籠ということは、新参者か年寄りだろうと知れた。

三百石の旗本、それも江戸の邸から都落《みやこお》ちした幕臣であれば、舐められたにちがいなかった。

乗物窓から外を覗くと、和蔵が気遣わしげな目を向け、政次は呆《あき》れ顔をし、用人おかねはそっぽを向いていた。

主人の軽輩ぶりに、頭を抱えているのだ。

「馬にも乗れない旗本なのだから、仕方ないか」

妻女おいまだけは、玄関の式台にすわったままじっとしているのが見えた。

なにごとにも動ぜず、武家の妻をまっとうするとの心意気を見て、香四郎は背すじを伸ばしてすわり直した。

駕籠が持ち上がって式台が乗物窓の正面に来たとき、おいまは片手を高く上げると、風に弓形を見せる手拭のような所作をして見せた。

右に左に、ゆっくりと腕をふる意味がなんであるか分からなかった。

──さて、なんであろう。

香四郎は考えた。

揺れながら冠木門《かぶきもん》を出たとき、ハタと小膝を叩いた。

「しばしの別れであったのか」

武州利根川の中瀬河岸《なかせがし》で三兄と夫婦《めおと》になった兄嫁が、川舟の上から同じ仕種《しぐさ》をしていたのを思い出したのである。

少しずつ離れてゆく中、遠くなってもそれと分かる挨拶にちがいないようだ。

男なら水盃《みずさかずき》の場でも、きれいさっぱり左様なればと後ろもふり返らない。ところが女はと、考えを新たにした香四郎は温かいものを感じてきた。

「おいち、に。おいち、にっ」

供侍の掛け声に合わせ、陸尺の足並みは揃いつつあった。

小淀の杜を出たが、村の百姓は一人も見えない。

冬の畑とはいえ、晴れているのなら、誰か出ていてもよさそうである。

ひっそりとした百姓家の中から、香四郎の駕籠は多くの村びとの目にさらされ、こう言われていたのだ。

「兜屋が大名家に呼ばれ、いくつも注文を受けるに決まっとるべ」

武具の調達ではないが、駕籠にいる旗本が異国の黒船に関わる人物であることはまちがいなかった。


江戸城では、香四郎を今か今かと待っていた者がいた。

「旗本、峰近どののはまだか……」

名を江川英龍《えいりゆう》。豆州韮山《ずしゆうにらやま》の代官で、高島秋帆《しゆうはん》の一の弟子と認められている幕臣だった。

顔も目も大きな英龍は、黒船の対応には砲台の設置とともに、戦さを回避するための交渉が大事と、声高《こわだか》に唱えている男と聞いていた香四郎である。

まん丸な目玉を剝《む》き、四十男の英龍は大玄関の脇で香四郎の手を取らんばかりに近づいてきた。

「秋帆先生の移送される先、岡部とはどのようなところでござったか」

「まちがっても幽囚《ゆうしゆう》同様の扱いはないと、確信いたします」

「左様か。しかし、邪魔が入ったと聞いておる」

「その一件、もう伝わっておりますか」

「うむ。斎藤弥九郎《やくろう》どのより、わたしの弟子と申すのは口幅《くちはば》ったいが逐一《ちくいち》」

素朴で大胆さを持つ英龍だが、城中であるにもかかわらず、大きな声で高島秋帆の名を口にした。

並の幕臣であれば、伝馬町《でんまちょう》の獄に捕われている者の名であれば、小声でしか話さない。ところが、英龍は平気だった。

弥九郎という天下の剣客が師と仰《あお》ぐのも、その度量ゆえだろう。香四郎は信じられる男と、下駄を預ける気になっていた。

「老中の伊勢守さまより、峰近どのが秋帆先生を岡部まで見送られると聞き及び、ねがいがあって待っておった次第。わたしの申し出を、是非」

袖を引かれた香四郎は、英龍に導かれるまま井戸のある小さな中庭に立った。

小さなといっても、江戸城内ではとの但し書きを付けるほど立派な庭で、井戸は町なかの倍ほどもあり、屋根に覆われていた。

「杞憂《きゆう》であればよいのだが、護送される先生を奪おうとする輩《やから》がいると聞く。それなりの警固《けご》方《かた》は同伴されるであろうが、その中に斎藤どのを加えるよう進言して下さらぬか」

「喜んで。天下の剣客が随《つ》いてくれるなら、百人力。ご老中にねがってみましょう」

襲ってくると思われるのは水戸にちがいなく、砲術家の秋帆を捕え、家臣に取り立てるつもりでいるのだ。

当然、幕府は岡部藩安部家《あんべけ》に預けた者をなにゆえにと、文句を言うだろう。が、水戸徳川はこう言い返すにちがいなかった。

「三年余も牢にあり、さらに武州の奥へ幽囚となる身は忍びなく、わが水戸家が預かることにした。異国の砲に詳しい高島を、天下のために役立てたい」

幽囚ではなく、家臣にするのは本人も望んでいたと付け加えたなら、御三家の水戸のすることに言い返せる者はいないのだ。

幕府は、前《さき》の天保改革での大失態を、少しずつ懐柔《かいじゅう》しようとしていた。当然ながら老中たちにしても、天下一の砲術家をいつまでも閉じ込めておくつもりはなかったろう。

が、建前上、獄に押し込めた罪人を、改革した老中が失脚したからとすぐに赦免するするわけには行かなかった。

御三家ならば、それも副将軍を豪語する徳川斉昭《なりあき》がしたとなると、仕方ないとの声が出てくることになる。

さらに考えられるのは、斉昭は隠居の身であり、水戸徳川家では嫡男が藩主となっているなら「砲術家が大事と、勝手に引き取ってしまいました」と言い逃れられるのだった。

香四郎は中庭から、老中首座のいる黒書院へと、足を進めた。

秋帆を盗《と》るとなれば、無事に終わるとは限らない。警固役の香四郎がではなく、秋帆自身の安全である。

むろん、敵となる水戸もまた、無傷の秋帆を奪いたかろう。しかし、刃《やいば》を交えれば、そう簡単に当人は助かるようにはことが運ばないのだ。

城中の廊下を右へ左へと歩きながら、香四郎は自分が護送役に選ばれた理由を思った。

新参の若い旗本であるばかりか、いわゆる派閥なるものに属しておらず、番町の邸《やしき》の下に厖大《ぼうだい》な火薬《ひぐすり》を隠し持っていた不逞《ふてい》の幕臣なのである。

さらに岡部藩の検分では、怯《ひる》むことなく闘ったからとも考えた。

「峰近なれば、もうひと働きするにちがいあるまい」

幕閣の威信が、香四郎の肩に掛けられたのだ。

熱くなってきた。口を引き結び、足を早めたとき声が立った。

「しばらく。峰近さま、黒書院へ参られるのではございませんか」

「うむ、左様だが」

「黒書院なれば、とうに過ぎております」

「……………」

いつものことだった。

二

老中阿部伊勢守の裁可は、難なく下りた。斎藤弥九郎の追加が許され、午《ひる》まえに出立《しゅったつ》となったのは、一日も早く出獄すべきとの配慮だった。

高島秋帆はいまだ罪人の扱いだが、唐丸籠《とうまるかご》で移送されるわけではなかった。腰縄も、手鎖も、六尺棒を手にした捕方《とりかた》に囲まれることもなく、さっぱりした身なりで伝馬町の牢を出てきた。

「つい先日、揚屋《あがりや》の隣房におりました不束者《ふつつかもの》、峰近です」

香四郎が先んじて挨拶をすると、秋帆は笑った。

「弥九郎どのより聞き、助かった気がいたしました。礼を申します」

瘠せてはいるが、衰えているとは思えない浅黒い肌は、それなりの精気を孕《はら》んで見えた。

言うまでもなく、助かった礼を申すとは峰近邸の床下にある火薬《ひぐすり》のことで、誰にも横盗りされず花火師鍵屋《かぎや》から武州岡部へ運ばれると聞かされたからである。

周囲の耳と目があるため、火薬のヒの字も口にするわけにはいかなかった。

それでも香四郎にはどうしても確かめたいことが、胸の内にあった。大量の火薬が、なにゆえ亡き長兄のところへもたらされたかである。

「高島どの。わたしは新参の旗本で、まだ一年とたってはおりません。先代となる兄は峰近慎一郎《しんいちろう》と申し、無役寄合《むやくよりあい》でございました」

「峰近、と申されましてか」

「病弱であり、御役には就けぬまま……」

「珍しい姓と思いますが、代々の知行所は下総《しもうさ》の行徳《ぎょうとく》ではござらぬか」

「は。行徳は今も、峰近が――」

話が先に進まなかったのは、警固方の目付があらわれたからだが、秋帆が峰近家の知行所まで知っていたことは、おどろきだった。

長崎会所の重鎮で、江戸なり関東に詳しいはずのない町人身分の秋帆が、旗本の支配地を知るわけなどあり得ないのだ。

――亡兄を知っているどころか、知った上での火薬だった……。

嬉しいような、それでいて恐い話に、香四郎は体じゅうが熱くなってくるのをおぼえた。

「海防掛並の、峰近どのか」

「いかにも峰近だが、お目付か」

「西ノ丸目付方、小村精之丞《きよのじよう》と申す。今ひとりは同役、竹中貫十郎《かんじゆうろう》。ともに高島秋帆護送役を命じられておる」

少しばかり居丈高《いたけだか》なところを見せる小村だが、手指を見たところ武芸には無縁の幕臣と思えた。

一方の竹中には、目つきにも手つきにも隙《すき》が見えないにもかかわらず、愛想のよさが加わっていた。

「小村どのの下役《したやく》として、まかり越しましてございます」

どうぞよろしくと、商家の手代のような頭の下げ方をした。

目付の二人は、ともに二十代半ば。どちらも中肉中背、これといった特徴のない顔だちで、黒の紋付袴に草鞋《わらじ》の役人らしい旅装束となっていた。

色白な小村は草鞋に馴れていないのか、しきりに足元を気にしている。が、色黒な竹中のほうは、旅に馴れているようだった。

草鞋の結び目ひとつで、そのちがいが知れるものである。

香四郎は、竹中を頼ろうと決めた。

いつ襲われるか、それればかりか秋帆に怪我ひとつさせても、国の損失となる。自分たちが討たれても、砲術家は助けねばならないのだ。

「武州岡部まで、よろしくねがおう」

竹中のほうを見つつ、香四郎は声を掛けた。

高島秋帆は町駕籠に乗せられ、伝馬町の牢屋敷を出た。

前後を捕方が囲み、香四郎と目付ふたりは駕籠の両脇に付いた。

鉄砲町から堀留町《ほりどめちょう》まで、ほんの数丁を進んだところで、一行は止まった。止められたわけではなく、御用船が待っていたのである。

武州岡部まで、歩いても一日がかり。ましてや罪人同様の者を送るのであれば、川を往《ゆ》くのが当たり前だった。

狭い堀割に、幕府御用船はいっぱいの幅となり、その先には警固の川舟が二艘《にそう》つながっていた。

警固舟の一つに、斎藤弥九郎が手を挙げていた。心強かった。

「御用船に、わたしと竹中どのが、川舟のほうは小村どの、もう一艘に斎藤どのということでいかがか」

香四郎の提案に一同がうなずいたかと思えたが、竹中が気遣わしげな目で口を開いた。

「なにも起こらぬようねがいますが、御用船に罪人を乗せ、前後を警固舟となっては高島がいると知ることになりませぬか」

襲う者があるなら、御用船を狙うに決まっているというのだ。

「どういたす、竹中」

小村が問うと、頭を掻きながら竹中は思いもしないことばを放った。

「影武者を仕立ててはと、考えた」

川舟に秋帆を乗せて、本船に小村はどうかとの提案に、誰もがうなずいた。

「しかし、そうなると御用船に乗る拙者が標的……」

早くも小村精之丞は臆病風を吹かしはじめ、本船には別の者のほうがと口ごもった。

「となりますなら、斎藤どのを御用船に」

剣客ならば、敵に立ち向かうことも十分にできる。その間に秋帆を逃がせば、役目は果たせると一同が一致した。

御用船の屋根の下に斎藤弥九郎が入り、先の舟に秋帆と香四郎と竹中が、後の舟に小村と決まった。

「うむ。殿《しんがり》は、この小村に任せてもらおう」

意気揚々と乗り込んだ小村に、竹中と香四郎は苦笑いを向けあい、小首をかしげた。

伝馬町からの捕方連中はここまでで、船頭と水夫《かこ》が各々《おのおの》二人ずつの編制で出帆《しゅっぱん》となった。

堀割を、秋帆を乗せる川舟が進む。仮屋根はあるものの、本船のような板の囲いはない。

「高島どの、寒くはございませぬか」

「なんの。獄舎より、ましでございます」

秋帆に蓑《みの》を掛けまわしたのは竹中で、香四郎は感心した。

すぐに日本橋川となり、そのまま大川へ入って遡《さかのぼ》る。水路が網の目のようになっている関八州であれば、利根川沿いの中瀬河岸まで半日ほどで着くだろう。

登城の駕籠で疲れが増したのか、香四郎は川舟の心地よい揺れに眠気をもよおしはじめた。

三

舟が大きく揺れ、香四郎は目を覚ました。

ザブンッ。

「いかがしたっ」

香四郎が飛び起きると、水しぶきが顔に掛かった。

「敵かと」

竹中貫十郎は差料の柄《つか》を握りしめ、目を凝らしつつ両岸を見張っていた。

「人の頭ほどの石が、飛んで参ったようです」

利根川に入っていると分かったのは、川幅の広さゆえだった。

石など投げられるような岸からの距離ではないとなると、弾みをつける投石器からのものと思われた。

長い板の端に大きな石を載せ、もう一方の端に人が跳び下りる古来の武器は、どこにもあるという代物《しろもの》ではないはずだ。

岸辺は葦《あし》や薄《すすき》が繁り、人の姿は見えない。

「中瀬河岸《がし》は、まだ先か」

「はっ。いまだ」

陽は高く、西に傾くまで一刻《いっとき》ほどありそうに見えた。

ポーン。ヒューッ、ザブン。

明らかに岸から、目にできる大きさの石が飛んできた。

ザブンッ。

おどろいたことに左右両岸の葦の中から、次々と飛来してくるのを見て、川中にある舟は逃げようのないことを知った。

バサ、バサッ。

「帆をやられましてございますっ」

香四郎の乗る川舟の船頭の声は、悲痛だった。

一枚帆を破られては、大河を遡《さかのぼ》ることはできなくなってしまう。

が、このまま川を下り江戸へ戻ったところで、ふたたびここで同じ目を見るのは分かりきっていた。

「峰近どの。少し川を下って、岸に着けるべきかと思います」

「そういたすほかあるまい。船頭、できるか」

「へいっ」

破れた帆を下ろすと、水夫《かこ》たちとともに櫓《ろ》と櫂《かい》で舟を漕ぎ戻した。

本船も、もう一艘《いっそう》の川舟も下りはじめると、目付の小村の慌てぶりは目にするのも恥ずかしいほど情けない姿を見せた。

やがて投石が遠のいたせいか、小村は胸を張った。

小さな河岸とも呼べなそうな船着場に、三艘は辿り着くことができた。

「ここはどこか」

「川俣《かわまた》を過ぎましたゆえ、酒巻《さかまき》の辺りかと存じます」

「言われても分からぬ地となるが、妻沼《つまぬま》河岸には近いか」

僧侶となった三兄を気づかって、香四郎は足利に近い河岸に下りたことを思い出した。

「妻沼は、まだ先の上流でございます。ここ酒巻は忍《おし》の城下、行田《ぎょうだ》に近いはずです」

が、河原が藩領とならないのは、河川流域に限っての決まりで、天領になると知っていた。

川は幕府の管轄にあり、大名家といえど口は出せないのである。

香四郎たちが守る秋帆を奪おうとして襲うつもりなら、河原こそが最適だった。

「それならば、こちらも受けて立つほかあるまい」

鯉口《こいくち》を切った香四郎がうなずいて見せると、竹中貫十郎は差料を払った。

敵の数は分からないものの、剣客の弥九郎もいる。そしてなにより、懐《ふところ》には二挺《ちょう》の短筒《たんづつ》が入っていた。

なんとかなるはず。いや、どうあっても秋帆を無事に岡部藩安部家に、送り届けなければならないのだ。

弥九郎も竹中貫十郎も下船し、襷《たすき》を掛けている。

小村精之丞だけは、手をふるわしているのが見えた。

役立つのは、三名。敵が数十人もいたならと考えたが、そのときはそのときと腹を据えるしかなかった。

襷だけでなく袴の股立《ももだ》ちを取ると、貫十郎は白い鉢巻を締めた。勇ましい姿が、心強く思えてきた。

そのとき、川水の少ない河原に黒い塊《かたまり》の一団が湧き出てくるのが見えた。六、七人だろうか、すでに鞘《さや》を払っている。

「参るっ」

声を放ったのは弥九郎で、走りながら抜刀した。

一団は左右に割れ、弥九郎を包み込むように取り囲んだが、端から膝を折られてゆく。

弥九郎の太刀捌《さば》きの見事さは、人を斬っているのではなく、稲を刈る百姓のようだった。

あっというまに、黒い一団は河原の水たまりと見分けがつかなくなっていた。

しかし、それらは先兵でしかなく、葦の繁みや薄の原から矢継ぎ早に敵はあらわれた。

香四郎は短筒を出し、頭目らしき者の胸を狙った。

パン。

乾いた音が敵の足を止めたことで、弥九郎はさらに突き進んだ。

しかし、剣客がどれほどの達人でも、人を斬ることで刃こぼれをし、血糊《ちのり》が付けば斬れなくなるのが太刀である。弥九郎の動きが鈍っていた。

村正《むらまさ》を渡そうと、香四郎は手渡すべく下げ緒をほどきながら走った。

「斎藤どのっ、これを」

「お。かたじけない」

弥九郎は受け取るが早いか、目にも見えない速さで敵を薙《な》ぎ倒した。
パ、パパンッ。
二挺の短筒が火を吹くと、敵の一団は身を屈《かが》める。そこを妖刀《ようとう》村正が、突いていった。

河原が赤く染まり血を吸っているのが鮮やかに映って見えたが、夕陽の茜色《あかねいろ》のほうが強いことを香四郎は気づかないでいた。

剣客と二挺の短筒が、敵を下がらせた。

葦の繁みに紛れつつ姿が見えなくなってしまうと、弥九郎は川水で村正の刀身を洗い、香四郎は弾丸《たま》を補充した。

そのとき、川から声が上がった。

「あぁっ」

声とともに、ドボンと川中に人が落ちる音がした。舟を操っていた船頭である。

警固の川舟が、糸の切れた凧のように川下に流れていった。

「――」

なにが起きたのかと、香四郎は弥九郎と顔を見合わせた。

目付の竹中が、河原のどこにも見えなかった。

「んっ」

流れてゆく川舟に、竹中の背が見えた。

「あの中に、秋帆先生が——」

弥九郎が叫んだ。

考えもしなかった者の裏切りは、見抜けないでいた香四郎の迂闊《うかつ》である。

悔んでもはじまらない。それぱかりか、肝心な高島秋帆を持って行かれてしまったのだ。

「幕府目付では、なかったのか」

「であっても、水戸徳川家お抱えであろう」

世間知らずの旗本は、剣客のことばを認めるしかなかった。

「追いますぞっ」

弥九郎は残る一艘の川舟に足を掛けて、乗ろうとした。

「御用船で」

「いや。川舟のほうが、速いはず」

今ひとりの目付小村が乗る川舟に、香四郎も乗り込んだ。

「追えっ」

船頭を急《せ》き立て、秋帆と竹中の乗った川舟を追わせた。

小村はただただ目を丸くし、首をふりつづけている。

「西ノ丸目付ではないのか、竹中とやらは」

「し、新参ながら目付でござった」

香四郎らの乗った川舟は、帆を上げた。

追い風が、味方した。

秋帆と竹中の乗ったほうの川舟は、帆が破れているのだ。張った帆の川舟が、勝《まさ》った。

広い利根川を、ときおり荷を積んだ船が往き来する中、目指す川舟が近づいた。

「竹中。大人しく縛《ばく》につけっ」

目と鼻の先に近づいた川舟へ、香四郎は声を放った。

が、竹中は片頬で笑っている。

「縛につけば、斬首。なれば、この高島どのと心中をいたす」

脇差が秋帆の喉元に突きつけられ、舟端《ふなばた》に立たれた。喉を突かずとも、冬の川へ飛び込まれては助からないのである。

香四郎は二挺の短筒を引っ込め、奥歯を嚙みしめた。

「峰近どの。秋帆先生を、かような目に遭わせるわけにはゆかぬ。どこぞで下船するであろうゆえ、好機を待つが肝心……」

「仕方ありません」

香四郎は船頭にこのままの近さでと言って、秋帆だけを見つめつづけた。

人が読めない。

このひと言に尽きた。香四郎は目付ふたりを秤《はかり》にかけ、竹中のほうを役立つと見極めていたのだ。

眼鏡ちがいとなった。それゆえの窮地が、今である。笑うに笑えず、香四郎は苦虫を嚙みつぶした顔となった。

「ははは、はははは」

代わりに弥九郎が笑いだしたのを見て、香四郎は目を剝《む》いた。

「峰近どのと同様であるような……。わたしも竹中を見誤った」

「天下の剣豪でも、人を読めませんでしたか」

「いかにも。殺気には応じられても、人の善しあしはとても。あは、あははっ」

歯を見せて笑った弥九郎は、のけぞるほどに大笑いしはじめた。

つられて笑った香四郎は、強《こわ》ばった緊張が解けてくるのが分かった。

「高島どのを、水戸に預けるほかありませんね」

「左様。生きておられてこその砲術家、いや異国を知る大先生です」

新しい時世《ときよ》は、すぐそこに来ているのだ。その勢いを押え込むことは、誰にもできない。この川の流れ着く先に海が広がり、その彼方にまだ見ぬ世界がまちがいなくある。

陽が西に傾くのを見て、香四郎は遠い西の空の下を思った。

光は西から射し、六十余州はそれを浴したいとねがっているにちがいなかろう。山奥から、海辺から、森からも、仰《あお》ぎ見ているのだ。

日いづる処の天子と謳《うた》った国は、最早なくなっていた。

あの秋帆なら、どこにいても国を想う正義を通し、まちがったことはしないに決まっている。

香四郎は愉快をおぼえた。

深刻だった顔が笑いに変わると、秋帆に脇差を突きつけていた竹中貫十郎は怪訝《けげん》な表情になった。勝ち誇れない気味のわるさが、不安をもたらせたのだろう。

一方、ひとり口を開けたままの小村精之丞は、わけが分からないとの顔で立ち尽くしていた。

「竹中が……」

そう言った小村は、同輩の裏切りに詰腹《つめばら》を切らされることに、狼狽《うろた》えているとしか思えなかった。

親代々の幕臣であれば役にしがみつき、大禍《たいか》なく勤め上げることが肝要なのだ。妻子も母親もいるにちがいない侍に、志《こころざし》があるわけもなかろう。ましてや西から射し込んでくる光が、目に入ってくるはずはなかった。

棚ぼたで旗本の身分を得た香四郎とは、好対照を見せる小村なのだ。

――言っても分かるまい。

秋の終わり柿の実が一つ、枝の先に取り残され、それを烏《からす》が啄《つい》ばんで地べたに落としてゆく。

小村が、その柿に思えてきた。

落ちた柿に種はあっても、やがて降る雪の冷たさに耐え切れず実を結ばないだろう。

「そうなりとうない」

香四郎は、新しい屋敷でともに暮らしはじめた新妻の顔を想い、小さくつぶやいた。

出世を望むのではなく、精いっぱい生ききってやろうとの思いを新たにした。

泰然とする弥九郎と香四郎は、青くなってふるえはじめた小村精之丞を黙って見ていると、口を開いた。

「す、済まぬが、そなたの使っておった短筒とやらを、お見せねがえぬか」

「自死なされるか」

「腹を召すよりは、呆気《あっけ》なく事が済むかもしれぬかと……」

使い方すら知らないであろうと、引き金の扱い方を見せながら、香四郎は一挺を手渡した。

「その代わりと申しては無礼なれど、小村どのの差料を拝借ねがいたい」

「ん。拙者の切腹を気遣ってか」

「いや。わたしのは、斎藤どのに渡っておるゆえ」

「――――」

小村はなぜそうなったか、知らない。おそらく弥九郎が敵を薙ぎ倒したのを、見ていられなかったのだろう。

分からないながらも、丸腰の香四郎を見て、おのれの太刀を預けてくれた。

案の定、拵《こしら》えのよい物ではなかった。それでもないよりはと、香四郎は腰に差した。

軽いという以上に重厚さに欠けるのは、村正を差していたからにちがいなく、今さらながら自分の置かれた立場の重さを知らされた。

短筒を懐に仕舞った小村が、先を行く川舟を見ながら、口を極めてつぶやいた。

「竹中のやつ、どこまで連れ去るつもりだ」

「水戸家と内通しているのなら、取手宿《とりでじゅく》」

「な、内通。水戸と——」

御三家の名が出たとたん、血の巡りのわるい小村は同僚の狡智《こうち》ぶりに舌を巻いた。

「船頭。もっと舟を寄せぬか」

小村は近づけて、短筒を竹中に向けるつもりでいるらしい。

「無理だ。一間《いつけん》ほどの近さにならぬ限り当たらぬどころか、高島どのに命中しては元も子もない」

「…………」

役に立たない物かと、小村は頰をふくらませた。どうやら、自死するつもりもないようである。

常州取手の河岸までは下りとはいえ二刻はかかるにちがいなく、師走も近づく今の寒さの中での秋帆が思い遣られた。

「あっ、御用船です」

船頭の声にふり返ったところに、大きな白い帆をいっぱいに張った葵紋の船が川上から近づいてきた。

酒巻河岸に置き去りにした御用船で、風が吹き下ろしはじめたためか、追いついたようである。

「助けになってほしい」

香四郎は根拠なく、嬉しくなった。

幕府御用船には篝火《かがりび》が灯《とも》り、暗い中に大きな明るさをもたらせてきた。

が、香四郎らの川舟を追い越して行った。

「――――」

中に十人ほどの侍がいて、一目散に竹中の乗る川舟に近づこうとしているのが見えた。

舫い綱を投げて竹中が受け取るのを、香四郎も弥九郎も確かめた。

急き立《せ》てた秋帆とともに竹中は御用船に乗り込み、乗っていた川舟をつないでいた舫い綱を切り離した。

「御用船の連中は、河原で追い払った竹中の仲間であろう。まちがいあるまい」

言うが早く、弥九郎は川舟の碇綱《いかりづな》をブンブンとふりまわし、御用船の艫《とも》へ投げつけた。

これで逃げられると帆を張った御用船は、ガツンと音を立てて碇に食いつかれてしまった。

香四郎たちの川舟と御用船が、つながったのである。

といっても、二艘の隔たりは二間ほどあり、槍があったとしても届かない。

竹中の同志と思える侍が、碇綱を切り放そうと太刀を抜いた。

「碇を、外されないでしょうか」

「そなたの短筒なれば、阻止できよう」

「なるほど」

香四郎は碇を外そうとした者に、狙いをつけた。

パンッ。

当たらなかったが、跳び退《すさ》るのが分かった。

狙いをつけたままの香四郎は、懐の弾丸がまだ四発残っているのを確かめた。

御用船と川舟は、風を切って夜の利根川を下って行った……。

寒さを感じることなく、熱い気持ちが身内に湧き上がっていた。篝火が赤々と周囲を照らす中で、御用船に乗る敵方の数が十人ほどと知れた。

「このままだと、栗橋の川関所にて御用となる」

暢気《のんき》な小村が、してやったりの笑いを口元に見せたが、香四郎は憮然《ぶぜん》と言い返した。

「葵の御紋を舳先《へさき》に見れば、川関所は門を開けるはず」

「さ、左様……」

昨今の幕臣の姿を見せる小村に、この国の先行きを思った。

ガサゴソと奇妙な音がして香四郎がふり返ると、弥九郎が鎖帷子《くさりかたびら》を着込んでいる。

「殺《や》りますか」

「うむ。揺れる舟中での立ち廻り稽古などした憶えはないが、やはり秋帆先生を奪られたくはない」

悲痛なことばだったが、弥九郎の顔に重苦しい悲壮さはうかがえず、香四郎はなんら根拠もないにもかかわらず嬉しくなった。

帆を孕《はら》んで川を下るだけの御用船に、秋帆を伴った竹中が乗り込んでいる。風に煽《あお》られて聞こえないが、これ見よがしに脇差を秋帆に突きつけている竹中は、しきりに碇を外せと怒鳴っているようだった。

香四郎の短筒に歯ぎしりをし、地団駄を踏んでいるのだ。

舟が揺れるたび、川舟の船頭は弛《ゆる》んだ碇綱をひと巻きずつ舳先に絡ませていた。

その隔たりが、徐々に狭まってゆく。

短筒を撃ち、もうひと泡を吹かせようと香四郎は狙いをつけた。

——当たれ。

念じたわけではないが、川波に揺られながらの狙いは見事に外れ、まったく別の侍を倒した。

「…………」

敵が一斉に退いたのを見て、弥九郎は御用船に飛び移った。

遅れてはならないと、香四郎もつづいた。

御用船と言っても、日本橋川や江戸の堀割を通れるものであれば、百石船ほどの小さい船である。

全長は十間もない上、幅は一間半もない。広さにするなら、畳十数枚といったところだろう。それも帆柱や屋形があれば、まちがっても広いとはいえなかった。

ザブン。

小さからぬ川波が船べりを叩き、御用船は大きく揺れた。

弥九郎が手にする村正が、揺れで重心を失った侍の首を刎《は》ねた。

獄門首を刎ねたほどの鮮やかさが、船中の者たちを青ざめさせたのは言うまでもなかった。

首から吹き上げた血が、勢いよく横にいた侍の顔に掛かり、船内がてんやわんやとなってきた。

暗い上に、揺れている。そこへ斬首もどきの一刀が躍ったのであれば、並の侍は胆をつぶす。

そこへパン、パンと二発を放った香四郎は、腰を抜かした二人を撃ち取っていた。

が、草鞋《わらじ》の足裏に、血糊がベッタリと付いて、滑りそうになった。

敵にも気丈な侍がいて、太刀を上段にふりかざしてくる。

もう一発、パン。

卑怯きわまる飛び道具だが、裏切った幕府目付よりはまだ良かろうと、倒した者の顔を踏みつけて先に進んだ。

踵《かかと》をしっかりと甲板につけながら、小村の差料を抜き払った。

業物《わざもの》であるはずもないと握った差料は、細く軽く思えた。

伝奏屋敷に勤めていた折、借り受けていた公家の細太刀に似ている。片手で扱える使いやすさは、左手に持ち替えた短筒と合わせると勝手がよかった。

御用船の屋形から突き出された切っ先が、篝火に光ったのが目に入り、また一発。

パン。

仕止めた。が、弾丸込めをしないと、つづけられない。敵はまだ四、五人は残っているはずだった。

弥九郎は秋帆を離さない竹中を討ち取るべく、舳先に迫っていた。

篝火の火の粉《こ》が、香四郎にも降りかかってくる。チリチリと鬢油《びんあぶら》の髪を焦がし、好い匂いが漂った。

竹中が甲高《かんだか》い声で叫んだ。

「寄るなっ。それ以上近づくと、一緒に川へ身を投げるぞ」

弥九郎の動きは止まり、村正を青眼に構えるだけとなった。

シャッ。

音を立てた刃《やいば》が横あいから斬り込まれてきたのは、霙《みぞれ》が舞いはじめたときで、狙われた香四郎は天の音に助けられたと、細太刀を突き返した。

音もなく敵の喉元に刺さったのか、血飛沫《ちしぶき》だけが太刀を握る手に走ってきた。

まだ敵は残っているかもしれないが、御用船の中は膠着《こうちゃく》してしまった。

「竹中とやら、このままでは栗橋の川関所を通れぬであろう」

「…………」

葵紋の御用船であっても、香四郎らが声を上げれば関所門は閉じられ、御用となるのが分かったようである。

やがて栗橋に着く頃となった。

ドシンッ。

船の揺れと血糊で、足元を滑らせた香四郎は尻餅をついた。

左手でつかんでいた短筒に一発も弾丸が入っていないのが、外れてしまった弾倉によって晒《さら》された。

「――――」

中に弾丸が残っていると、嘘をつく自信はなかった。

川下に灯りが見え、栗橋が近いと知れてきた。

「これが見えるか」

香四郎は左手を伸ばし、短筒の狙いを竹中へ向けた。

一間ほどの隔たりは、十分に至近距離だ。

「ふっ。並の侍と侮《あなど》っておるな……。その短筒は、空であろう。撃てるものなら、やってみるがよい」

見抜かれていた。

「この高島どのを、御三家水戸へ送り届ければ、すべてが丸く納まるではないか。田舎大名なんぞに、預けることはあるまい」

竹中貫十郎は、霙まみれの顔をクシャクシャにして、勝手な理屈を言い募った。

「それはならぬぞ、竹中。水戸家は攘夷《じょうい》の旗頭《はたがしら》、造られた砲台は黒船に向けられることになる」

香四郎も言い返した。

当の秋帆は、終始無言のままでいた。おのが命を諦めているのか、三年もの獄中暮らしで意志を奪われてしまったのか、香四郎には分からなかった。

川関所の灯りが、はっきりと見てとれた。

「どうする。関所を通さぬと申すなら、高島秋帆とともに、川の藻屑《もくず》となるぞっ」

目に狂気を見せた竹中は、秋帆を抱えて船べりに進み出た。体を支えるものはなく、ふたり揃って舳先でよろめいた。

「あっ」

止めようがなかった。

落ちたら川へ飛び込んで、秋帆を助けるしかないと香四郎は構えた。

が、霙ばかりか川風を浴びる二人は、いっこうに落ちない……。

「――――」

パンッ。

ときならぬ乾いた音は、香四郎の左手から出たものかと、弥九郎がふり返ってきた。

香四郎も、おのれの左手を覗き込んだ。

ゆっくりと崩れ落ちる竹中の目は、なにが起こったのか分からないと、視線が定まらないまま、音もなく失《う》せてしまった。

舳先から姿を消したのは竹中ひとりで、秋帆は立ったままでいる。その帯を、背後からつかんでいた者がいた。

「小村どの……」

「間近で撃つと、まちがいなく当たる」

香四郎は臆病な目付が御用船に乗り移ったことに気づけもしなかった上、裏切り者の同輩を討てるなどと考えもしなかった。

弥九郎は高島秋帆を抱えて支え、香四郎は小村精之丞の手を握っていた。川へ落ちてはの気遣いと、手柄をあげた幕臣への感謝である。

栗橋の川関所では、幕府御用船と村正の鎺《はばき》に刻まれた葵紋が、効き目を見せた。関所の船二艘が御用船の前後に随《したが》い、ふたたび武州の中瀬河岸へと一路遡《さかのぼ》っていった。

四

岡部藩士の待つ中瀬河岸では、笑われた。

滑稽とされたのは、霙《みぞれ》を浴びつづけた三人が褞袍《どてら》を着た上に、蓑《みの》を巻きつけていたからである。

幸い風邪をひかずに済んだようで、中瀬の川問屋河十《かわじゅう》の囲炉裏端《いろりばた》に休むことができたのは有難かった。

温まったところで、香四郎は改めて秋帆に向き直り、口を開いた。

「かような場でうかがうのはと思いますが、峰近の先代である長兄慎一郎と、どのような経緯《いきさつ》であのようなことに……」

「あれは、大坂で一大事が起きそうだと、長崎のわたしのところへ知らせが届いたのがはじまりでござった」

高島秋帆は五十に近い。いささかの濁りもうかがえない目と、意志の強そうな厚い唇との不釣り合いが並の天下びととちがい、香四郎は膝を乗り出した。

大坂の一大事とは、大塩平八郎の大砲《おおづつ》を使っての奉行所襲撃である。

与力だった平八郎は、砲を黒船という外《そと》へではなく、内となる悪《あ》しき役人へ向けた。

砲術家の秋帆としては、許しがたかったにちがいなかろう。それも平八郎の仁徳から、あまりに大量の火薬《ひぐすり》があつまっていたとも聞いていた。

それを聞き知れた秋帆も凄いが、大坂から長崎へ伝えた者がいたのだ。

「あれが多すぎるとなれば、大坂市中が火の海となりかねません。大坂城代配下におられた方が、江戸の峰近どのなればと白羽の矢を立てて下さいました。さぞやご迷惑であったろうと、お詫びいたします」

「どうぞ、手をお上げ下さい。わが兄は、先生のお仲間、いや弥九郎どのと同じ弟子になろうと——」

「なっていたかもしれませんが、今となってはいかがなものか……」

言うだけ野暮と、秋帆はこれ以上の話はならないとばかりに手で制した。

河十にあつまる者に不審な人物はいないが、どこからどのようなかたちで外に洩れるとも限らない話ゆえだった。

香四郎は大坂城代にいた幕臣が誰を指し、その関わりをも知りたくなったが、諦めた。

病弱だった兄の慎一郎を、思い出そうとしたが、今夜は駄目である。

疲れていた。早朝からの馴れない緊張ゆえか、眠いのに寝られない心身の不釣りあいに揺れていた。

さすがに斎藤弥九郎だけは寝床に就いたが、目付の小村精之丞も香四郎同様、疲れた身を横たえているのに冴々《さえざえ》とした目が閉じられないままだった。

人を殺《あや》めたこともはじめてだったらしく、同僚の目付が水戸と謀《はか》って高島秋帆を強奪しようとしたことまでの一部始終を上申してよいものか、思いあぐねているにちがいないのだ。

囲炉裏ごしに、香四郎は苦笑いをして見せた。

「宮仕えとは、辛いものだ」

聞こえるはずのないつぶやきだったが、小村はうなずいた。

分かってくれた気がすると、一気に睡魔が襲って、瞼《まぶた》が落ちるとなにもかもが潮が引くように失《う》せていった。


翌朝の日輪は、大きく輝いていた。

岡部藩安部家中から、藩士が五十人ほどあらわれ、大名駕籠《かご》とおぼしき乗物に、秋帆を客人として迎えたのである。

幽囚《ゆうしゅう》でもなければ、謹慎ともちがう扱いだった。

家老の名代《みょうだい》という丸い顔をした鈴田喜之介《きのすけ》は、若いにもかかわらず堂々としていた。不遜とは異なる謙虚さがあり、大名家にもこうした若武者がいるのかと香四郎は見入ってしまった。

「峰近さまですね。お噂は、かねがね」

「わたしの噂を、誰が」

「河十の、十郎左衛門《じゅろうざえもん》どのです。旗本にあって、変幻自在の活躍と」

「ものは言いようですな。自在どころか四苦八苦、いつも誰かに助けられている」

「助けてくれる人がおられるのは、ご仁徳でしょう」

「いや、見てはいられないと、呆《あき》れられた末です」

笑いあった。

駕籠を中ほどにして、行列が動きだした。

大名の参勤交代とちがうのは、足軽や奴と呼ばれる荷物持ちがおらず、侍ばかりだからである。

なにも知らない河岸《かし》連中は、大名の巡察かと、道の端に寄った。地面に膝をつこうとする者がいて、河十の手代がその必要はないと手で制して見せた。

香四郎と喜之介は、行列の殿《しんがり》となって歩いた。

「峰近どの。ひとつ教えていただきたいのですが、よろしいですか」

「なんなりと」

「江戸の花火職人が、道具一式と火薬を川開きのため、わが陣屋へ運んで参りました」

「――――」

量が大すぎると言いたいのかと、香四郎は次のことばを待った。

「火薬の理由なり使い途《みち》は、わたくしどもとて分かります。うかがいたい話とは、他藩との関わりです」

「他藩と申されるのは、秋帆どのを預りたいと申し出てくる懸念か」

「いいえ、預りは命を賭《と》してもやり遂げます。他藩はすでに、わが安部家へ進物と称し金子《きんす》まで贈って参りました」

「なにゆえに、銭《かね》を」

分からなかった。香四郎は、譜代外様を問わず、他家が安部家に近づこうとするのは、うちに預けろと言いたいだけとしか考えられないでいたからである。

「おそらく、いや間違いなく砲術のあれこれを、わが藩へ来て習いに来たいからです」

「習う」

香四郎は出してしまったことばを、手で押えるほどおどろいた。

「外様の某藩は、年二百石を付けるゆえ家臣を抱えてくれぬかと矢の催促。また別の譜代藩は、五百石を毎年まわす代わりに家臣を常駐させろと――」

「まことの話か」

「より凄いことがありまして、姫君を輿入《こしい》れさせたいと、わが幼君信宝《のぶたか》さまに近づいて参りましたのです」

信じ難いと、香四郎は行列の進む先となる南の空を見上げた。

まだ東の空にある朝日だが、いずれ南に移るのである。

水戸徳川は秋帆を三顧《さんこ》の礼《れい》をもって迎えようとしたが、すでに他家は火薬を含めた資材を揃え、残るは技術を知るだけとなっているにちがいなかった。

日輪が東から西へ移るのが道理《ことわり》であるのと同じで、時の流れはすでに異国の砲術へ傾いていることを知らされた香四郎だった。

おそらく岡部藩に近づこうと画策する藩は、五つや六つではないだろう。

「鈴田どのが教えてほしいと申される他藩との関わりとは、それらを撥《は》ねつけるやり方か」

「それもございますが、いかにして幕府に知られずに関われるかです」

「上申せずにと言うものの、鈴田どのはわたしにしゃべったではないか」

「海防掛並の峰近さまは、国を憂《うれ》いておられると聞き及びました。わたくしの申した話を十二分にご理解され、口外もなさらないはずと信じます」

大胆にすぎると思えたが、香四郎は嬉しくなった。笑うと、笑い返された。

笑い方には、色々ある。よく見ると嘘っぽいのから、はにかんでも凄く喜んでいるものまで、騙されることにおいては涙よりも複雑な上に奥が深いのが笑いであろう。

香四郎は、人を読めない男である。しかし、自分と似ていることだけ、鈴田喜之介に感じてしまった。

「左様なれば、海防掛並が申し上げよう。来る者を、拒まず」

「よろしいのですか」

「良いとか悪いではなく、広く万民に教えるべき技《わざ》でござろう。造る造らぬ、使う使わぬも藩主次第。と申したいところだが、黒船へも奉行所へも使ってほしくはない」

「大坂の一件ですね」

武州の小藩家臣でも、大塩の乱は聞き及んでいるのだ。ということは、岡部藩安部家へ他藩が近づいているのも、いずれ幕府に知られるにちがいなかった。

「幕府ご老中も知った上での配慮が、この度の秋帆どの預けと思う。岡部藩も、砲術の調練をなさいますか」

「はっ。手元不如意《てもとふにょい》どころか、勝手方台所は火の車で、とても無理と諦めておりましたが、他藩の援助があればと勇気づけられております」

「正直ですな」

「嘘など、いつかバレますので」

快い若侍だった。

道沿いに〝うどん一膳めし〟とある幟《のぼり》を見た。

「鈴田どのへひとつ、ねがいたいことを思い出しました」

「なんなりと」

「台所の勝手がよくなると申されるなら、他藩士の抱えと同時に、秋帆先生の手足となった連中の雇い入れをおねがいできますか」

香四郎は浅草雷門の屋台蕎麦《そば》で、四年前に板橋宿徳丸ヶ原の幕府砲術調練によって耳を駄目にした者と出遭った話をした。

「ということは、秋帆先生が牢に押し込められなければ、その者たちを助けたと申すのですね」

「おそらく砲の扱いの下働きをした者たちでしょうから、かなり役立つはず」

「峰近さま。江戸に戻り次第その連中を、あつめて下さい。足軽として、抱えましょう」

とんとん拍子とは、まさにこのことだった。

武州のここも、からっ風が強い。そのせいか雪がなく、南に向かう日輪はくっきりと輝いていた。

脇が甘すぎると言われようと、香四郎は白昼の夢の中にいた。国の行く先を憂いつつも、着実に動きだそうとする者がいるのだ。

それだけでなく、香四郎の亡兄がまさにその一人だったと知ったことで、なにものにも代え難い勇気となって身内を熱くさせた。

兄は無役《むやく》の病弱な旗本ではなく、まぎれもない国士だった。

――その血が、流れている……。

世間知らずのお調子者は、もう一度日輪を仰《あお》ぎ見た。

岡部藩安部家は、幼い藩主に成り代わって家老の菊池図書《ずしょ》が、預りとなった高島秋帆を客分とする旨を申し出てきた。

今ごろ、四国丸亀藩の京極家では蛇蝎《だかつ》と謳《うた》われた前《さき》の南町奉行鳥居耀蔵《ようぞう》が預りの身となっているはずだ。

これからは預りという裁きそのものも、人を見て同じに扱わない時世となったものと信じたかった。

藩士の鈴田喜之介が、客分となった秋帆の邸《やしき》に案内しますという。

陣屋の片隅ではあるが、新築の木の香もかぐわしい二間《ふたま》をもつ邸は、小さいながら庭もあった。

「警固の者がかたちばかりとなりますと秋帆先生は逃げることもできますな」

笑った香四郎だが、水戸藩の過激な一派がまたぞろ仕掛けてくることも考えられると、笑いを消した。

「ご安堵を。幕府はわが陣屋を、昼夜なく見張るそうです」

「見張るとなると、他藩からの砲術弟子が知られてしまいますか」

「いいや。侍でも人足でも、当藩の者といたします。そればかりか斎藤弥九郎どのが、江戸の道場弟子を交代で、秋帆先生の警固にやってくるよう手配して下さるとのことでした」

案内された部屋で、秋帆は書物を閉じて香四郎を迎えた。

小ざっぱりした身なりは、いかにも学者らしかった。

「昨日は、お世話をお掛け申しました」

「ご無事で、なによりです」

無駄な挨拶もなく、香四郎は秋帆と対峙《たいじ》した。

話はすぐに異国の事情となり、フランス国の黒船が琉球の湊《みなと》に停泊し、薩摩藩との交易を申し出たこと。その軍船は、江戸に五日ほどでやって来られるほど速いと、秋帆は落ち着いた様子のまま教えてくれた。

「黒船が、たった五日で」

「左様。船足が速いということは、陸《おか》から砲を放っても当たりづらいことにもなります」

水戸徳川の斉昭が言い募る攘夷は、台場に砲台を設《しつら》えて黒船に撃ち込めるなら、異国は退散するとの考えだった。

「この国は、危ういのですか」

「危ういかどうか、幕府と異国との交渉次第と考えます。かの阿片《あへん》の戦《いく》さで敗れた清国は、香港と申す湊を町ごと乗っ取られた上に、五つもの湊を開かざるを得なくなった」

一つの湊を奪われただけで、なしくずしに侵略されつつあると付け加えた。

「異国を侮《あなど》ったがゆえ、ですね」

「左様。洋術を見くびりすぎては、わが国も同じ目を――」

「見ます。いえ、清国ほどに大きくない日本なれば、六十余州すべて蹂躙《じゅうりん》され尽くしましょう……」

考えるまでもなく、恐ろしい話だった。

「そなたの兄慎一郎どのは、それを知り恐れておられたと聞いております。目で見たとか見ないではなく、先々を察する知見こそが肝要と存じます」

亡兄の名が出て、香四郎は改めて峰近家の血を思った。

斎藤弥九郎と幕府目付の小村精之丞が入ってきた。剣客の弥九郎はいつもながらだが、精之丞に生気が宿っているのが知れて嬉しくなった。

昨日までの小役人ぶりが失せ、ひと皮もふた皮も剝《む》けたように見えたのだ。

――切っ掛けをつかんだことで、人が変わったか。

まぶしい目をして、小村を眺めた。

その小村が威儀を正し、香四郎の脇にすわってきた。

礼でも言われるのかと思い向き直ると、小村は真顔を険しくさせ口を開いた。

「今朝、江戸よりのご使者が参り、峰近さまへと言伝《ことづて》を承《うけたまわ》っております」

「………」

過日も同様の使いが早飛脚によってもたらされ、香四郎に海防掛並の役が来たのだった。

――この度の護送で、石高が五百に戻るかも……。

悠然と構えた香四郎だが、楽観はわけなく挫折した。

「申し上げます。旗本海防掛並、峰近香四郎さまに蝦夷《えぞ》地警固方《ちけごかた》を命ず、とのことでございました」

「わたしが、蝦夷」

香四郎のつぶやきは落胆以上の、痛々しさを見せた。

しまったと思ったものの、後の祭である。弥九郎は片頬をふくらませ、小村は眉を寄せてうつむいた。

が、ひとり鈴田喜之介が軽やかに笑ってきた。

「罪を贖《あがな》うための島流しとは、異なりましょう。それなりの禄がある峰近どのなれば、家屋も用意されているはず。冬の今は厳しい寒さかもしれませんが、夏は過ごしやすいと聞いております」

「鈴田どのは、人の暮らさぬ北辺の地への赴任を、寿《ことほ》ぎますか」

小村が言い募った。

「はい。寿ぎます。出世でありましょうゆえ」

「蝦夷地ですぞ」

ふたたび小村が憤慨した声を上げると、高島秋帆が声を立てた。

「いかにも。ねがっても赴《おもむ》けぬ地へ、幕臣すなわち将軍の名代として行くのであります。それも警固というなら、異国船への対応となるでしょう」

秋帆は、自分こそ行きたいと、遠くを眺める目をした。

「仰言《おっしゃ》るとおり、わたしは幕臣における黒船通となれるのかもしれません。高島先生のおことばを、ありがたく頂戴いたします」

香四郎の腹は決まった。

峰近家の新屋敷に妻を残し、単身で向かう。ここ武州と江戸ほど頻繁な往き来は無理だが、得るものは大きいだろう。

「江戸に戻った暁には、海防掛の要となり、オロシャの事情をお教えねがいたい」

真剣な目をした高島秋帆は、敷いていた座布団から下りて頭を下げた。

〈三〉吉原、炎上す

一

江戸は雪が落ちてきそうなほど、雲が垂れ込めていた。

武州岡部から戻ったばかりの香四郎《こうしろう》は、大川に架かる吾妻橋《あづまばし》の欄干《らんかん》にもたれ、水面《みなも》を見つめていた。

陽は西へ落ちかかり、川べりの家々が点《とも》す灯《あか》りもポツリポツリとふえはじめている。

ここ浅草寺あたりは広重《ひろしげ》が何枚も絵にしている名所だが、師走《しわす》を迎えた今日は重々しいだけだった。

濁った大川は上流の雪か、水嵩《みずかさ》を増して土堤《どて》の縁《ふち》を洗いながら盛り上がっている。

もっとも、重々しいと思うのは香四郎だけで、足早に橋を渡ってゆく人々は寒そうに首をすくめるだけで、欄干に立つ男など目に入らないといった風情を見せていた。

「蝦夷地《えぞち》での、巡検を命ず」

老中の下命は、絶対だった。

旗本として、断わるつもりはない。しかし、あまりに遠い上、冬の今は酷寒の地である。さらには、香四郎ひとりが出向くのであって、新妻おいまの同伴も政次《まさじ》を供奴《ともやっこ》として随《したが》わせることもできないのだ。

幕命である限り、私《わたくし》ごとの入り込む余地がないばかりか、一年や二年で終わるとは、考えられなかった。

孤独が辛いのではなく、出世を望んでいた自分の不見識ぶりに、ガッカリして重苦しくなるからだった。

香四郎の想っている出世には、余裕に似たものが含まれていた。

どれほど役目は大きくとも、相応の安楽が付いてくるとの甘い見通しのことである。

この度の蝦夷赴任にあたり、海防掛並《かいぼうがかりなみ》が正式の海防掛とされ、役料として五百万石も加わることが、川舟の中で言い渡されていた。

紛れもない出世だった。ところが過酷との、注釈が付くのである。

「聞いた話ですが、冬場の寒さは尋常ならざるもので、指が凍えてしまえば切断するしかなく、外に置いてある金気《かなけ》の物に触《ふ》れると離れなくなって皮が剝《む》けてしまうとか」

「すると、門扉《もんぴ》の鐶《かん》など触《さわ》れぬことになる」

舟中で幕臣同士が語っていた話だが、人が暮らせるのだろうかと不安がよぎった。

「けど、夏はいたって過ごしやすいとも聞いております。蚊帳《かや》を吊る必要もないのだと」

気安めにもならないと、香四郎はそっぽを向いた。

〽おまえ待ち待ち 蚊帳の外～ なのである。

蚊とて役に立つのが、江戸なのだ。その蚊も出ない蝦夷とは、いったいどんなところなのだろう。

未知の、いや未開の地へ、香四郎は追いやられるのだ。生半可な覚悟では出世に報えないと、江戸に着いて橋を渡ったところで、欄干に頰づえをついてしまった。

辺りは暗くなり、橋の上に作っていた香四郎の影も失《う》せた。

「ちょいと、おまえさま」

女の声が背後にあったのでふり返ったが、人ちがいのようである。

「――――」

「あれ、お侍さまでございましたか」

香四郎は自分が今の今まで、旅装束の上から褞袍《どてら》を着込み、手拭を頬冠《ほおかぶ》りにしていたことに気づいた。

寒いからと、川舟の中で着せられたままだった。

が、女は香四郎が侍髷《さむらいまげ》であるのと、褞袍の下に二本差していたのを見て頭を下げてきた。

「わたしに、なにか……」

「いいえ、てっきり身投げかと。申しわけございません」

沈んだ面《おも》もちで冬の川面《かわも》を眺めていれば、命を絶とうとしていると思われて当然だろう。

済まなそうに立ち去ろうとした女を、呼び止めた。

「ちと訊《たず》ねたい。わたしはしばらくの間ここにいたが、今まで誰にも声を掛けられなかった。そなたは、なぜ」

「声を掛けた理由は、お節介な質《たち》なだけですよ」

「江戸の者に世話焼きが多いのは知っておるが――」

「なんだか存じませんが、突っかかられても困りますです」

毅然と言われて、香四郎は出しかけた手を引っ込めた。

「左様か。済まなんだ」

女を相手に蝦夷行きと出世を考え込んでいたと言うわけにもいかず、口ごもってしまった。

「謝ってはいけませんですよ。ただね、お侍さまはとっても声が掛けづらい雰囲気が、お体から……」

しばらく声を掛けられなかった理由を、女はまっすぐ前を向きながら口にした。

四十がらみの女で、長屋の女房にしては身なりがいい。といって、商家の内儀というには色が立っている。

「わたしは声を掛けづらいと言われたことなどないが、いささか深刻さを見せてしまったかもしれぬ」

余計なことばを出したと悔んだものの、出てしまえば戻すわけにもいかなかった。

「まぁ正直なお侍さまですこと。着ていらっしゃる物が田舎じみていて、在から出てきた人が江戸暮らしに馴染めず、身投げしようとしていると思ったんです」

「これか。褞袍は、川舟で着せられた」

脱ごうとした香四郎の手を、女は上から押えてきた。

「風邪を召しますですよ」

重ねられた女の手に不思議な温かさをおぼえ、香四郎はドギマギしてしまった。

「あら、やだ。こんなお婆《ばあ》ちゃんに」

「芸者であるか」

「嬉しいっ。大層な褒めことばをいただいて、天にも昇る心地です」

屈託のない女で、若やいでも見えた。

香四郎が首をかしげ、では何者かと目で問うと、女は胸に手をあて、あごを上げた。

「北で、茶屋をしております」

江戸でいう北とは、北州すなわち吉原である。その茶屋ならば、引手《ひきて》茶屋と決まっていた。

銭《かね》に余裕の有る無しにかかわらず、引手茶屋を通しての廓《くるわ》あそびは男にとって誉《ほまれ》となる。

一流の見世《みせ》に揚がれる上に、花魁《おいらん》からも相応のもてなしを受けられるからだった。

もちろん一見《いちげん》の客は駄目であるばかりか、茶屋が馴染みと認めた者を通してのみ迎えられるのであれば、仲間内で堂々と胸を張れるのが「引手茶屋に入った」となるのだ。

冷飯食《ひやめしく》い時代の香四郎には憧れであり、旗本を継いでからは二度ばかり茶屋を通して見世に揚がっていた。

が、残念ながら馴染み客には入れなかった。

「師走の夕暮れと申すに、茶屋の女将《おかみ》がここにおってはなるまい」

「ほんとうに。でも、気になって仕方がなかったんですもの」

吉原へと急いでいたのだが、身投げ男から目が離せなくなり、いつ押し止《とど》めようかと構えていたのだと笑った。

「済まぬことをさせた。駕籠《かご》をつかまえるゆえ、それで帰るがよい」

香四郎が橋詰《はしづめ》に向かおうとしたところ、褞袍の袖をつかまれた。

「なんだ。帰るのではないのか」

「上客と見ました。お暇なようですから、ご一緒に」

「いや、茶屋の馴染みとなれるのは有難いが、わたしには輿入《こしい》った妻が――」

「なんですねぇ、二本差したお侍さまが弱腰を見せるなんて、離しませんですよ」

女は褞袍の下へ手を入れ、香四郎の帯をつかんだ。

「分かった。同道いたす」

いくら色っぽい女だといっても、香四郎には女親ほどの年になる。帯をつかまれたままでは、なにを囃《はや》されるか。辺りは繁華な町だった。

待っても駕籠は拾えなかった。師走を迎えた浅草、それも日が暮れたばかりである。

吉原まで女づれでも四半刻《しはんとき》余、仕方あるまいと二歩ばかり後ろを女が歩くのを許した。

「名を申さなくては、なりませんね」

「うむ。色年増《いろどしま》の女将は、なんと呼ばれておる」

「おちか。四十になる女に、色年増だなんて」

「世辞ではない。嘘が下手なわたしは、峰近《みねちか》と申す不忠な侍」

「よろしければ、下のお名も」

「香四郎さ」

「まぁ、お役者の高麗屋《こうらいや》さんと同じ名」

「比べてもらっては、困る」

　顔を見合わせず、笑いあった。

　六代目の松本幸四郎は、男っぽさが売りの名優である。

　芝居茶屋に出入りして美人女将に懸想《けそう》した香四郎であれば、猿若町《さるわかちょう》の役者がどれほどの人気者か大概は教わっていた。

　なにを隠そう、六代目の高麗屋になりなさいと言われていた香四郎である。

　二枚目ではないが、実のこもった男気を前面に押し出せば、女たちは放っておかないというのだ。

　が、芝居茶屋の美人女将を同輩の旗本にもっていかれたことで、幸四郎を真似ることなど忘れてしまっていた。

　奇妙な心持ちがするのは、年の離れた姉と歩いている気になったからにほかならない。

傍目にどう映るか気にするものではあるまいと考えてはみたものの、役者になりきれない香四郎だった。

「香さま、駕籠が」

おちかが見つけて呼んでくれた辻駕籠に乗り込むと、運よく別の一挺《いっちょう》に女も乗り込めた。

考えるまでもなく数日前、香四郎は両国橋で、待ち伏せていた吉原の禿《かむろ》に連れて行かれたのではなかったか。

駕籠に揺られながら、香四郎は苦笑いした。

とはいっても嫌な気にならなかったのは、奇遇という巡り合わせを出世の余得と捉えられたからである。

嬉しくないことは、山とあるだろう。しかし、その分お楽しみがあっていい。

府外の新しい屋敷には、美しい妻がいる。花魁と若い奥方、両手に花を後ろめたく思う必要はないのだ。

ひと皮剝《む》けた香四郎となった。

「へい、お待ぁち」

駕籠昇《かき》の声と同時に垂れが上がると、もう吉原大門《おおもん》となっていた。

竹むら、茶屋の名なのだろう。大門から近いところにあった。

癇症《かんしょう》なまでに磨かれた玄関の式台が、灯りをまぶしく映している。

茶屋の番頭が、女将に伴なわれた香四郎の足元に真新しい草履《ぞうり》を揃えてきた。

「ん。わたしのでは――」

「よろしいのでございます。上客さまへの、土産となります」

「左様か」

香四郎は恐縮することなく、足をのせてみた。畳表と同じ匂いがしてくるようで、足の裏から嬉しくなった。

「まぁまぁ。そのような野暮なものはお脱ぎあそばして、これを」

女将は香四郎の褞袍を背ごしに奪い取ると、茶屋のものらしい長羽織《ながばおり》を着せ、腰の大小を受け取った。

吉原では誰であっても、式台を上がれば丸腰と決まっていた。侍も町人も百姓までもが、女の前では同等となる。

手を引かれながら廊下を進み、通された部屋は長火鉢《ながひばち》の置かれた居間だった。

「これでは引手茶屋の、亭主のようだ」

「茶屋の亭主のようだなんて、なんて幸せな台詞《せりふ》でしょう」

「わたしは役者ではない。台詞と言われてもなぁ」

「役者におなりなさいまし。いいえ、舞台に立つのではなく、人生なり世の中という大きな小屋の看板役者に」

「人生は、大舞台か」

「ええ。一生を賭けた檜《ひのき》舞台にしてこそ、男じゃありませんか」

「――――」

思いがけない励ましに、香四郎は身内から熱くなってくるのをおぼえた。

「あたしは易者《えきしゃ》でも八卦見《はっけみ》でもありませんけど、峰近さまには目に見えない力というか、守護神がついていらっしゃる気がするんです。橋の上にいるときから」

おちかは当初、香四郎に死神が取り憑《と》《つ》いていると心配したのだが、思いちがいだったと付け加えた。

神仏や霊などを、端《はな》から信じない香四郎だった。

もちろん今も、頼ろうとも縋《すが》ろうとも考えてはいない。しかし、長兄の跡を嗣いで以来、運は格段に拓《ひら》けているのである。

自身の努力ではない上、仕掛けたことも一度とてなかった。

「檜舞台か」

「どんな下《した》っ端《ぱ》役者だって、出ろと言われて尻込みする人なんかいません。大恥かいたとしても、出たという帳面づらは残るんですよ」

「そうか、そうだな」

立ち上がった香四郎は、踵《きびす》を返そうとした。

「どちらへ」

「帰る。いや、御城へ」

「まぁ旗本――」

女将はまたもや香四郎の帯に手を掛け、逃さぬの構えを見せた。

「改めて礼に参る。離してくれ」

「嫌です。峰近さまを勇気づけたのならば、相応のお返しを頂戴させて下さいまし」

「お返しとは」

「ここ竹むらの上客として、見世に揚がっていただきます」

「後日でよかろう」

「そうは参りませんぜ、峰近の旦那」

男の声にふり返り、顔を見た。

「おぬし、若竹《わかたけ》の熊十《くまじゅう》か」

「へい。こっちもおどろきましたです。侍の上客が釣れたと使いが来て、飛んで参ったら峰近さまと知ったわけで」

禿に引かれて香四郎が馴染みとなった廓見世、その若竹の番頭は縁がありますねと笑った。

「仕方あるまい。毒を食らわばだ」

「毒はひでぇなぁ。蜜と言って下せぇよ、蜜」

笑いあっている内に、夕餉《ゆうげ》の膳がもたらされていた。

ほんとうならば酒がつき、芸者の一人ふたりが加わる引手茶屋なのだが、下戸《げこ》の香四郎とのことで、こうなったようである。

まさしく据《す》え膳《ぜん》となった。

諦めたのではなく、香四郎は英気を養おうと肚《はら》を据えた。

——出世ではない。幕府という大きな檜舞台で、名立たる役者になってやる。

自らに言い聞かせると、箸を取り椀に手を伸ばした。

二

二万四千余坪の廓《くるわ》まちには、娼妓《しょうぎ》を含めて一万人も暮らしているという。

そこに毎日一万人ちかくの客がやってくるのであれば、総数二万。三百六十余日まるで祭の賑いを見せるところとなっていた。

元旦だけは、休みである。

客は男。廓内の通り出会う女は女中か、廓見世《みせ》の遣手《やりて》で、おちかのような茶屋の女将《おかみ》を見ることもない。

すれちがう者はみな男で、互いに顔を見合わないのは、なんとなく照れがあるからだが、ときに堂々と朗《ほが》らかな男がいた。

「よぉよぉ、色男だ。若《わけ》えのに、おまえに馴染がいるってか」

「銭《かね》のあるなしじゃねえよ、心意気だぁね」

おちかを先頭に、熊十と見世に向かっていた香四郎である。喧《やか》ましい連中が、引手《ひきて》茶屋の女将を見つけないはずはなかった。

「あれまぁ元花魁《おいらん》が、いるぜ」

酔っているらしい男が、通せんぼをしてきた。が、おちかは馴れているのか、軽く会釈して男の頬を軽く突いた。

突かれたほうは怒ることなく、首の後ろに手をやった。

ここで喧嘩腰になったなら、大門に近い四郎兵衛会所《しろべえかいしょ》から男たちがやって来て、取り押えられた上、お出入り止めとなる。

腕に自信のある男でも、暴れることはないのだ。

「姐《ねえ》さん、いや女将さんでしたか、後で叱っておきますので、赦《ゆる》してくだせぇよ」

酔っ払いの兄貴分とおぼしき者が、頭を下げた。その横あいから、見憶えのある男が顔を出して――

「あっ、殿」

政次である。

万に近い客の中で、知り人に出くわした二人となった。気まずくはないものの、気恥ずかしさが先に立ってきた。

とりわけ新妻おいまを知る政次であれば、言い付けたりはしなかろうが、弱みを握られそうな気になるものだ。

「まぁ臥煙《がえん》のお兄さん、高麗屋の幸四郎大夫《たゆう》をご存じなんですね」

茶屋女将の、機転である。政次もまた対応した。

「大名役者だから殿様と、思わず言っちまった。大夫、今月の舞台もようがしたぜ」

役者と呼ばれた香四郎も芝居っ気を出し、扇子を拡げ顔を隠して見せた。

「ほうら、芝居ができるじゃありませんかね」

おちかは誰でも役者になれるのだと、耳元で囁《ささや》いた。

「女将。そうは申すが、嘘をつき通すのはどうもな……」

「嘘じゃなくて、周りを和《なご》ませるのです。騙して、なにかを得ようとするのではありません」

分かった気にさせられ、香四郎は笑い返せた。

檜《ひのき》舞台で、欲をかかないこと。これだけを肝に命じることにした香四郎もである。

そのまま廓見世若竹に入り、上《あが》り框《がまち》で新しい草履を脱ぐと、新造《しんぞ》と呼ばれる遊女が足袋《たび》を脱がし、温かい湯桶に足を浸けてくれた。

「あぁ美味《おい》しいな……」

嬉しいと言うべきところだろうが、思わず口を突いたことばは美味しいだった。もてなすこともまた、和ませることの一つだろう。世の中のありとあらゆる場が舞台なら、いかに相手を落ち着かせて、その気にさせるか。

これこそが役者の仕事かと、香四郎は改めて目を見開いた。

表口の提灯《ちょうちん》が揺れ、玄関内の燭台《しょくだい》の火がふるえている。

「風が出て参りましたようで」

見世の男衆《おとこし》は、火ノ用心のため火を吹き消してまわった。

暗くなる中、二階へ案内されると明るくなっていた。

奥の部屋までつづく廊下の掛行灯《かけあんどん》は、ジジィと微《かす》かな音を立て、妖しい影をつくり上げていた。

よく見れば黒光りした柱、床板は磨かれ、まだ二階に客の気配はなかった。

女たちの舞台もまた、それなりの設《しつら》えを見せていた。

冷たい光沢は、底冷えのする冬の晩だからだろう。外を往き来する人の足音が、寒々しく耳に届く。

唐紙が音もなく開いて、微笑《ほほえ》んだ花魁 若紫《わかむらさき》の顔が香四郎を和ませた。

ほんの半月ばかり前に枕を交したはずだが、武州利根川の舟中で暴れたこともあり、久しぶりの気にさせられた。

が、花魁にしてみるなら、今月も忘れずに揚《あ》がってくれたとなるのだろう。

艶冶《えんや》と微笑む顔に、商売っ気が見えていないことが嬉しかった。

総じての話だが、玄人女《くろうとおんな》は客を騙すことに巧みである。しかし、その女自身が本気を見せるのは、意外と難しいものなのだ。

つまり若紫が正真正銘、喜んでいると知れたのである。

客とするなら快哉《かいさい》を上げたいところだが、府外の屋敷には美しい新妻が待っていた。

そう考えて逡巡したのは、昨日までの話だった。

今の香四郎はひと皮剥《む》けて、二重の愉悦《ゆえつ》に浸れる大人と変じていたのである。

——出世の重圧は、人肌に温めてもらうことでしか跳《は》ねのけられぬ。

香四郎は迎え出た花魁の手を取り、きつく握りしめた。

「ぬしさん……」

花魁の目が潤み、倒れかかるほどに寄り添ってきた。

床《とこ》の中でなにをしてもいい、言うことはなんでもいたします。居つづけてくださるのなら、身揚《みあ》がりもしましょうとなる。

客として揚がった香四郎にしてみれば、してやったりの心持ちとなった。

身揚がりは、遊女が身銭を切って客を取ることをいう。これをしてもらえる男は、情夫《いろ》とされた。

「若紫の情夫、香四郎」になれそうだ。

女のあごを掌《てのひら》にのせ、唇を重ねてやる。言いなりになる花魁にしてあげるのが情夫の習いだった。

お好きなようにと、若紫は身を預けてきた。

——桃源郷が待っている。

ほんの一夜、憂《う》さを忘れられる夢の中に遊ぼうと、花魁の締める前結びの帯に手を掛けた。

当今の花魁帯は、昔ほど厄介な結び方をしないと聞いていた。なるほど、大仰《おおぎよう》に見せる結びは載っているだけだった。

「あれ、無粋《ぶすい》な。ほんとうは屏風《びようぶ》の後ろで、新造に解かせるものと見せておるのに。知られてしまいました」

情夫となった男に、花魁ことばは使わない。これもまた女を買っている気にならなくなり、吉原にいることも忘れさせてくれるのである。

薄紅《うすべに》いろの襦袢《じゆばん》一枚に、くっきりと爪紅《つまべに》が目に鮮やかな女の足が、香四郎の男をふるい立たせてきた。

間抜けなことに、香四郎は羽織も脱いでいなかった。

「ちっ」

舌打ちをしながら脱げば、余計に手間取る。

「ぬしさん。さように焦らず」

手伝う花魁もまた急《せ》いているのか、ふたりが男帯を引っぱり合ったことで固結びとなり、解けなくなっていた。

「……、切るか」

脇差も階下《した》に預けてある。ならば剃刀《かみそり》をと、花魁は姫簞笥《ひめだんす》を開けた。取り出した剃刀は、誂《あつら》えたばかりで鞘付《さやつ》きである。

サラリと鞘を払って若紫が手に取る姿は、一種一様な妖しさを含んで見えた。

「いつか、ぬしさんと――」

無理心中をするのだとの、ことばを呑んだ。が、今の香四郎は、恐ろしいとも思わなかった。

——峰近香四郎、女と心中など幕命であってもせぬぞ。

女を斬って、落ちのびてやるとの心境になっていた。

剃刀で博多献上の帯を切ると、その下から生《なま》の抜き身が頭をもたげ、若紫の口は鞘となって納めた。

「うっ」

声をしのんだ刹那《せつな》、半鐘《はんしょう》が鳴り響いた。

「――――」

吉原の半鐘は、知る人ぞ知る大事だった。

大門の真反対に位置する水道尻《すいどうじり》と呼ばれるところに、小さな火見梯子《ひのみばしご》が立っている。

この上の半鐘が鳴ったときは、なにをおいても裸で逃げろとされていた。

四方を囲まれた低い城郭となっている吉原は、出入口が大門ひとつの袋小路である。

新吉原となって百八十年ほど、その間に二十回ちかく火事に遭っている。大半が全焼なのは、小高いところにあるので町なかに類焼しないのと、焼け落ちてしまえば他の地での仮営業が認められるからだった。

「仮宅は、女どもが嬉しがるんです。江戸市中の町が見られるって。ですからね、廓じゅうを燃しちまうわけで……」

そんな話を思い出したが、逃げるのが先決の今である。

「ぬしさん、参りましょう」

襦袢のまま若紫は香四郎の手を引き、廊下に出た。

香四郎は切られた帯を結ぶわけにもゆかず、前をはだけたまま後につづいた。

廓見世の若竹は京町二丁目にあり、大門からは遠いところにある。火元など気にせず、まずは逃げなければならなかった。

「あれ、火が」

手を取る花魁が、ほんの七、八軒先の見世が火を出しているところを指さした。

どの見世からも客や女たちが、われ先に走りだしている。宵《よい》の口とはいうものの、半端な人数ではなかった。

「急げっ。今の内に大門へ、出るのに挨拶は無用だ」

見世の口で声を張っているのは、番頭の熊十だった。ふしぎなことに、大事なはずの客よりも女たちを優先している。

熊十だけでなく、どの見世でも客を押しのけてまで、女を助けているのだ。

幸いなことに、京町二丁目から上がった火の手だったことですぐ気づけ、すんなりと大門に辿《たど》り着けた。

面番所の役人や四郎兵衛会所の者たちが、手ぎわよく浅草寺の裏へ集まれと誘導している。

これもまた、客そっちのけで女たちの世話を焼いていた。一人でも足抜けさせまいとのことらしい。

香四郎が不快に見ているのを知り、若紫が囁いた。

「色里の女は飯の種どころか、年季という借銭《しゃくせん》が残ってありぃす」

逃げたところで行き処《どころ》のない女は、足抜けなどしないと言われた香四郎は、すぐに合点《がてん》がいった。

客とはおおむね薄情なもので、すぐにまた来ると言いながら他の見世に顔を出すのが常である。

裏を返すとか、三度目から馴染みになるとの言い習わしも、客を逃したくないからの廓側の勝手な言い分でしかなかった。

——とすれば「女郎大切、身代《しんだい》が大事」という浄瑠璃の文句は、紛れもなく正しい……。

などと考えつつ、日本堤《にほんづつみ》までの緩やかな坂道を裸足のまま下りていった。

「安直なものですが、これを」

道沿いの店から安物の草履が差し出され、香四郎も若紫も足をのせてひと息ついた。

ふり返ると、暗い中に紅い炎がチラチラと立ちはじめている。

「仮見世は、深川らしい」

もう決まっているものか、逃げている者たちの中から声が上がった。

働いている女たちが火事を切っかけに逃亡することは、十中八九ないことを香四郎も教わったのであれば、見つけられて折檻《せっかん》されるからではなく、働き口ひとつないからである。

苦界とは、その中ばかりか外へ出ても同じなのだ。

手を離そうとしない若紫は、嬉々として歩いている。廓の外が楽しくて仕方ないといった様子を、体じゅうに見せていた。

草履をつっかけながら、夜道を男と連れだっているだけで天にも昇る心地なのか、寒さも忘れているようだった。

「これをどうぞ」

次に差し出されたのは、蓑《みの》である。

若紫は一つだけ受け取ると、香四郎と二人で一つに包《くる》まった。

「まだ大勢あとから参りますので、二人で一つ」

言ったなり抱きついてきた花魁は、泣きだした。

強く抱きしめ返した香四郎に、女へ掛けることばは無用となった。

日本堤まで来たところで、町火消の面々が不夜城が燃え盛るのをじっと眺めているところに出くわした。

り組の半纏《はんてん》である。

「廓火消がいる吉原に、あっしら町火消は滅多なことで入れませんのです。もともと廓の中は安普請で燃え落ちやすい見世ばかりで、人死《ひとじに》さえ出なければ誰ひとり損を見ませんから」

耳元で囁かれ、誰かとふり返ると、ち組の頭幸吉《かしらこうきち》だった。

香四郎の邸《やしき》に出入りしていた町火消は組の辰七《たつしち》の頭仲間で、なぜここにと首をひねると答が返ってきた。

「峰近の殿様を、見て来いって」

「わたしが吉原にいると、知られていたのか――」

「嘘ですよ。り組は、ち組の隣でさぁ」

　幸吉は笑い、もっと花魁と引っつきなせぇと、二人を包むように上から蓑を押えつけてくる。

　やがて巨大な焚火《たきび》となって、不夜城は炎に包まれていった。

「人死は、ないか」

「まず、大丈夫でしょう。あったとしても、火を付けた女郎か客の野郎です」

「付け火か」

「殿。声が大きすぎますです。まぁ、そうかもしれないってだけで、台所の不始末かもしれませんや。なんであれ、女たちはもちろん、見世の主人から遣手の婆《ばあ》さんまで、逃げ遅れる者は少ないでしょう」

　銭箱は見世の床下に造りつけの穴蔵《あなぐら》があって、放り込んでおくだけ。女の衣装は安物で、花魁部屋の蒲団くらいが上等な物と付け加えた。

「あっしら町火消が下から眺めているのは、火の粉《こ》が飛んできたときの備えです。よっぽど風が強く吹いてなきゃ、もらい火はありません」

　不夜城の周りは吉原田圃《たんぼ》の名があるとおり、百姓の納屋《なや》くらいしかない。が、その田圃から見上げる石垣のない不夜城は、低い丘ほどの位置にある。

吉原には廓火消の名をもつ連中がいるが、名ばかりのものでしかないと幸吉は笑った。

「そう申せば、臥煙の連中が中にいた」

「じゃあ安心です。屋根や柱を上手に壊して、火の粉が上がらねえようやってくれたでしょう」

大勢が下りてくる中に、政次たち臥煙はまだ下りて来ていなかった。

「生まれながらの火消であれば、気遣うほどのことはありませんや」

幸吉が大きくなった火を見ながら、つぶやいた。

暮れて間もない夜の闇の中に、日輪が昇っているようだった。

「まるで、日ノ出だ……」

香四郎は小さくほざいた。

「今日から、新しい日がはじまりそうな」

きつく手を握ってきた若紫が、香四郎の心を読んだようなことばを返してきた。

握る手は花魁だが、妻のおいまであり、まだ見ぬ蝦夷地の者にも思えた。

――わたしは、変わる。変わらなければならない。

数百、いや数千数万もの女が流した汗と涙が、炎とともに失《う》せてゆく。香四郎の安っぽい感傷にすぎなかろうが、これから先のあらゆることが異なっていきそうだった。

「燃えろ。燃え尽くすがいい」

香四郎の力強い囁きに、花魁も町火消の頭たちもうなずいた。

「あっ、まだいたぞ」

緩やかな吉原へ上る坂道を、自分の倍ほどもある荷を背負って、婆さんが下りてくるのが見えた。

「誰かと思えば勝本《かつもと》の、お杉《すぎ》じゃねえか」

江戸一丁目の小見世の遣手で、知る人ぞ知る吝《しわ》ん坊だという。

背負っているのは上物の蒲団だった。

「お杉さんよ。なるほど高価な代物《しろもの》だが、おまえさまのものにはなるめえ」

「放っといておくれ。浅草寺の裏でひと晩あかすんだ。夜露にあたって、風邪でも引いたら働けないよ」

「まだ働くってか、見上げたもんだ」

廓の男衆たちが笑う横を、お杉は煤《すす》で汚れた顔を拭きながら日本堤の道を浅草寺の五重塔めざして歩いて行った。

「しぶとい婆さんだぜ」

「働き者と、言ってやろうじゃねえか。おれたちが笑えるものでもあるまい」

見世の番頭らしい男が、揶揄《からか》った連中を諌《いさ》めた。

「まったくだ。ひと晩くれえ厚い蒲団に包《くる》まって寝ても、罰はあたらねえ」

同調する者に、異を唱える輩《やから》はいなかった。

火はどんどん燃えひろがり、夜空を明るませていた。当初は笑っているようにも思えた炎だが、今は怒って見えた。

この国の政《まつり》ごとや、保身に走る役人や銭に汚ない商人たちを、民百姓に成り代わって怒っているようだった。

両国の川開きで見る花火とちがい、明るく朗らかな様相をつくっていない。やがて怒りが、蔑《さげす》みとなって見えた。

――憐《あわ》れんでか……。

客として揚がった男は、女を買っているものと思っているだろう。ところが、女たちの汗と涙で燃え盛る炎は、男どもを嘲笑《あざわら》いはじめていた。

「おまえらなんて、あたしら女のここから放り出されたんじゃないか」

嘲笑の火焔《かえん》は、夜空を焦がしながら四方八方に火の粉を散らす。開いた花火が落下するときの火の粉とは、重さがまるでちがった。

「きれいなもんだなぁ……」

　野次馬がことばにした。

　——どこが、きれいなものか。

　香四郎は胸の内で、言い返した。

「おぉっ、三階の屋根が落ちるぞっ」

　大見世の屋根が燃え尽きて、一瞬大きな炎が立った。

　暗闇がさらに黒くなってきたのは、明るさを増したからである。

が、花火のように空を破る音はない。野次馬たちは、沈黙するばかりとなっていた。

　吉原という丘の上は火の海となったが、誰も消そうとはしないし消し止められるものでもなかった。

　風が舞っているのか、炎が渦《うず》を巻きはじめた。

「お焚き上げだねぇ、お寺の」

　声が上がると、両手を合わせて拝む者が出てきた。

　護摩焚《ごまだ》きと同じ気持ちになるのだろう。今まで世話になった色里への感謝と、次またよろしくの願いが込められているようだ。

もう坂を下りてくる者はなく、誰彼となく花火は終わったと帰りはじめた。

「若紫、寒かろう。浅草寺裏の逃げどころへ参らぬか」

「嬉しい。花魁と言わずに、名を言うて下んした」

ふたたび力強く握ってきた女の手が、世辞や嘘ではないと言っているようだった。

女の肩を抱いてやると、ピタリと寄り添って離れなくなり、動けなくなってきた。

音までは届いてこないが、どの見世も崩れ落ちたらしく、炎が下火になっている。

「やはり日ノ出でなく、日ノ入か……」

「洒落《しやれ》てまさぁ、峰近の殿さま」

火消頭の幸吉が進み出て、香四郎の言った日ノ出と日ノ入を面白いと、ひとり二人と戻ってくる臥煙たちを迎えた。

見ている中に、政次が汗を腕《かいな》で拭きながらやって来るのが見えた。心なし青ざめているのが、政次らしくなかった。

「政ではないか」

「殿。付け火でさぁ、それも侍の」

「浪人者か」

「いいえ。小禄でしょうが、それなりのお武家ですぜ」

「ひとりか」

「二人。はじめは、火消しを手伝っているようだったんです……」

政次が見た侍二人は、笠を被っていたという――

三

臥煙《がえん》仲間と揚《あ》がった小見世《こみせ》は、江戸一丁目の馴染みのいるところで、暮れたばかりであれば女はすぐにあらわれた。

冬でも半纏《はんてん》一枚の火消に、無用な挨拶は要らない。

「あら来てくれたの」

「早《はえ》ぇとこやろう」

味も素っ気もないが、寒いのであれば床《とこ》にもぐり込むのが手っ取り早い上に、都合もよいのだ。

政次と女はいちゃつきはじめ、上から夜着《よぎ》を引っかぶった。

薄い壁の外は路次で、少しばかり強くなった風が音を立てていた。

「ねぇ。明け方まで、いてくれるんでしょ」

「止《よ》せやい。こんな冬の晩、臥煙が居続けていいわけはねえよ」

「離さないよ」

女が両脚で政次の胴を締めてきたので、逆にくすぐってやった。

夜着がめくれ上がり、寒さが身にまとわりついてきた。

「火鉢、あったろ」

「安見世だもの、炭をけちるだけだわよ」

「しょうがねえなぁ」

言いながら女と体を重ねあわせた。

すぐに外から物音がして、動きを止めた。騒がしい声も立ち、政次は耳を澄ました。

「ひ、ひ……」

女のものだったが、喘《あえ》ぎ声ではない。二度目に聞こえたときは、明らかに悲鳴と思えた。

政次は女を突き放すと、立ち上がった。小さな丸窓をこじあけて、路地を覗き込んだ。

人が駈けるのが見え、さらに首を外に出した。

そこへ半鐘《はんしょう》が鳴ったのである。

床に投げ出されていた褌《ふんどし》を取り、安直に結んで半纏を着込んだ。

臥煙の出番となった。

夜の更けきらない宵《よい》の口、色里の火事にしては時刻が早い。が、火を消すには今の内と、飛びおりるようにして一階の玄関口に降り立った。

鐘は鳴りつづけていた。

玄関を出ると、どの見世からも気づかわしげな顔の者が、どこが火元かとキョロキョロしている。

まだ寝ている者がいないのであれば、次々と客や女たちが二階の出窓から顔を出してきた。

水道尻まで駈けていった政次は、火見梯子《ひのみばしご》を駈け上がり「どこが火元か」と叫んだ。

「あそこっ」

半鐘を搔き鳴らしていた男が指さす京町二丁目の見世から、小さな火の手が上がった。

梯子から飛び下りた政次は、火の出ている見世に転がり込んだ。

煙が襲ってきた。そこを目掛けて、走った。

見世の造りは、似たようなものである。政次は手を壁伝いにあてながら、奥へ進んだ。台所となっているあたりが、火元となっていた。

女中とおぼしき女が、オタオタと湯呑で水を掛けているのが分かり「出ろっ」と怒鳴って、政次は水甕《みずがめ》に手を入れた。

「――――」

水甕は空《から》だった。

これから客を迎えるというのに、甕に水が入っていないなど考えられなかった。

が、足元は濡れている。目を凝らすと、水甕の下方に穴が開いているのが見えた。

隣家の水をと、政次は勝手口を出た。

おどろいたことに、そこからも火が出ていた。

笠を被った侍二人が政次を見て、燃える竈《へっつい》の火を足で踏み消しはじめた。

「お侍さま。あとは任せてくだせぇ」

政次のことばに、武士は出ていった。

甕の水をと、手を差し入れた。

「――――」

これもまた、空だった。土間一面が、濡れている。

水がなければ、小火でも消すのは難しい。そこへ一緒に揚がった臥煙仲間が顔を出した。

「おっ、政。水はねえか」

仲間も甕が空だったと、やって来たのだ。

土間が水浸しなのは一目瞭然で、甕の穴を見れば付け火と気づく。

「いったい誰が」

声が上がると同時に、政次は次の見世に向かった。

案の定、先刻の侍がいた。ふたりである。

「なにしてやがる」

吠えた政次を見て、抜刀し斬りかかってきた。

躱《かわ》して声を上げた。

「付け火だぁっ」

声に呼応して臥煙仲間がやってくると、侍ふたりは外へ出た。

ところが、外は路次も通りも、火事の半鐘におどろいた客や女たちでごった返していた。

火の手は激しさを増し、とても消えそうになかった。代わりに、逃げる侍の姿をはっきり捉えた。

「逃がすなっ、付け火は奴らだぞ」

臥煙たちが追う。混み合う中で思うように走れない侍は、ともに抜き身をかざした。

一瞬、道ができる。しかし、すぐまた人混みとなってしまう。

政次は体当たりを食らわした。侍の一人は尻餅をついた。その上に臥煙たちが圧《の》しかかると、暴れた。

多勢に無勢で、一人はわけなく捕まった。もう一人も足を掛けられ、仲之町《なかのちょう》の通りへ出る前に押えつけられていた。

「なんてことしやがるっ」

殴りつけた。が、火の手が上がりはじめ、それどころではなくなった。

大勢が大門の出口へ殺到する中、臥煙の仕事を優先する場となっていた。侍の大小を取り上げ、髷《まげ》を切り落とし、帯を解いて裸に剝《む》いた。

これなら逃げても、すぐに見分けがつくとの判断である。

臥煙たちは見世の屋根に昇り、あるいは鳶口《とびぐち》を手にして火の廻った家々を壊しにかかった。

が、すでに遅く、安普請の小見世から次々に燃え落ちはじめた。

「おまえさま方、済まないが諦めておくれ」

見世の主人が、もう手がつけられないからと撤退と言ってきた。

吉原の火事は全焼させろと、臥煙でも知っている。仮営業が流行《はや》るのと、女たちが喜ぶことも聞いている。

政次は裸に剝いた侍たちを、探しまわった。しかし、見つけられないまま、焼け落ちる吉原を尻目に、出て来たと言い終えた。

香四郎がここにいたなら、髷を切られた裸の武士を見たのではないかと問われたが、分かろうはずもなかった。

「笠を被れば髷までは見えぬし、人の着ている物を剝《は》ぐことなど、付け火をした侍にはわけもあるまい」

「そうですね。もっと殴りつけて、立てねえようにしとけばよかった」

政次は後の祭ですねと、頭を掻いて仲間のところへ走り去った。

「浪人でもない武士が、宵の口に付け火とは面妖《めんよう》な……」

貧乏侍と馬鹿にされたとか、銭《かね》のある者ばかりが威張りくさってと、見当ちがいの怒りを内にこもらせる浪人はいるだろう。

しかし、それなりの侍である限り、主君の名にかけて付け火などという大それた悪事は、働かないものだ。

――いったい、吉原をなんのために……。

考えのつかない中、香四郎の背後に声が立った。

「ここにいらしたんですか、旦那」

若竹の番頭、熊十が香四郎の大小を手に笑っていた。

見世に預けてあった拝領の村正《むらまさ》を見て、香四郎は自分も武士であり、その魂ともいわれる太刀のことを忘れていたと恥じ入った。

「まことに、面目ない」

「いえね。あまりに拵《こしら》えがいいものでしたんで、峰近さまのでなかったなら、売って銭にしようかって」

「ん――」

「冗談ですよ。この大小が旦那のものだってぇのは、この番頭、心得ております」

村正の鯉口《こいくち》を切れば、葵紋の鎺《はばき》が知られてしまう。が、そこまではするまいと、香四郎は腰に戻した。

先ほど感じた日ノ出は、焼け落ちてしまった。

野次馬だけでなく、廓《くるわ》の主だった者たちが浅草寺裏の避難所へ歩きはじめたのがうかがえた。

吉原の連中が浅草へ向かうのは分かるが、野次馬もというのが分からない。

「おかしいと思うでしょうが、野次さんたちは花魁《おいらん》を直《じか》に見たいんです」

「左様であったか。若紫も、見世物になるか」

ずっと寄り添っていた花魁は、いやでありいすと首をふった。

「熊。吉原が焼けて得をする武士は、いるだろうか」

香四郎のいきなりの問い掛けに、熊十はすぐに合点《がてん》がいったと見えて答えた。

「そうですねぇ。深川で仮商いとなれば、川向こうに下屋敷を構える侍があそびやすくなるくらいでしょうか。もっともそんなことで火を付けたりはしませんです」

「となると、廓の誰かを出したいと狙ったか」

「関ヶ原の戦《いく》さのすぐ後ならまだしも、今どき姫君なり奥方が身を売って花魁に、なんて話はあり得ませんや」

「暮らしに困った旗本なり御家人が、娘を売るとは耳にするが」

「あはは、信じちゃいけませんや。浪人のってぇことはあっても、仮りにも幕臣や藩士の娘となりゃ意地でも売りません」

「…………」

それでも香四郎は、女の誰かを廓の外に出すための付け火ではとの考えを消せないでいた。

「面倒ではあるが、失《う》せた女がいないかどうか探してくれまいか」

「どこへ逃げちまったかを、探せと」

「いや。浅草寺裏に避難していない女の、名が分かるだけでよい」

「わけもありませんや。見世ごとに帳面づけをしているんですから、名ぐれえ上げられます」

熊十は走った。

焼け死んだ女がいても、それを除いて行けば逃げた者は知れる。あとは、そこから伝手《つて》を頼って武家を探り出せるかもしれないと考えた。

南町奉行の遠山左衛門尉《さえもんのじょう》に応援をねがい、付け火の下手人を挙げる気になったのは、蝦夷へ赴《おもむ》く前の幕臣として役立ちたかったからだった。

四

浅草寺の裏手には、大勢あふれていた。

屛風《びょうぶ》を立て廻した上に薄い板を載せ、地面に畳を置く小屋もどきが幾つも並んでいる様は滑稽なものに見えた。

笑ったのではなく、哀しくなったからだった。

格上とされるどの花魁《おいらん》も、小屋を与えられていた。若紫は手招きをされ、香四郎とともに入った。

二畳ほどで、安物ながら夜具も敷かれていた。が、ここで一戦をはじめる気にはなれないのは、余りに寒かったからである。

火鉢の代わりに、手炙《てあぶ》りが一つ置かれていた。若紫は夜具の下にそれを入れると、炬燵《こたつ》のようになると笑った。

「こんなに浮き浮きと楽しいのは、はじめてでありぃすえ」

一緒に並べと、香四郎を引き入れた。

屋根代わりの板の隙間《すきま》から、星が見える。

「寒い……」

嘘か実《まこと》か分からないが、香四郎は花魁の身を引き寄せ、唇を重ねた。

ほんの一刻《いっとき》ばかり前、身を重ねようとしたのであれば、二十二歳の旗本に自制は利かなかった。

「来てくんなまし」

「おぉ」

下帯を締めていないばかりか、蓑を羽織っているだけの香四郎である。ことに至るのは、わけもなかった。

「峰近の旦那、分かりやした」

「――――」

無粋《ぶすい》な邪魔をしたのは熊十で、いきなり屛風を開けてきた。

「な、なんだ出し抜けに」

廓見世《くるわみせ》の番頭であるはずの熊十は、無遠慮に乗り込むと夜具の中に冷たい手を差し入れた。

「あ、あっ……」

裸の足が四本も番頭の手に触れたのであれば、気まずくならないはずもなかった。

「――――」

怒ったのは若紫だが、投げつける物ひとつない仮小屋と知り、不機嫌に眉をしかめた。

「こりゃ花魁、とんだご無礼を――」

「熊さん。わちきのところへの出入りは、二度と御免でありぃす」

「えっ」

口ごもったきり、熊十の顔から血の気が引いてゆくのが分かった。

見世にとって、看板の花魁と番頭どちらが上かとは、聞くまでもなかろう。本日をもち、熊十はお払い箱となったのだ。

「番頭どの。聞いて参った話は、表でうかがおう」

香四郎は蓑《みの》を着直し、屛風の外へ出た。

ガッカリ肩を落とす熊十に、囁《ささや》いた。

「安心いたせ、熊十。目端《めはし》の利くおまえに、好都合な奉公先がある」

「ほんとうでございますか」

「峰近にではなく、わたしと共に遠国《おんごく》へ参る気はないか」

「旦那、いえ殿様は遠国奉行に」

「しいっ」

指を唇にあて、詳しい話はいずれと、香四郎は目で制した。

蝦夷の地へ誰を同道させようかと、香四郎は悩んでいた。政次は臥煙《がえん》である上、背なかの彫物《ほりもの》を認められないだろう。といって、用人おかねは女であり、用人格の和蔵《わぞう》は年を食いすぎている。

幕府は当然ながら、侍の従者を付けてくるに決まっていた。

彼《か》の地で香四郎の思うままに動けるのは、町人よりほかにいなかった。

才知の働く熊十ならば、打ってつけと思えたからである。

「ところで、いなくなった女はどこの誰であった」

「へい。江戸一の勝本《かつもと》って小見世の、千鳥《ちどり》という女です」

「勝本というのは、吝《しわ》い遣手《やりて》のおるところか」

「よくご存じで。お杉って婆《ばあ》さんが、あれやこれやと仕切ってます」

体の倍ほどもある蒲団を背負って逃げてきた遣手は、吉原ではちょっとした女名士だという。

「そんな名物の遣手が、抱えている女を見逃したと申すか」

「面番所の役人も、付け火に関わっているんじゃねえかって、今お杉を本堂の庫裏《くり》に呼びつけてます」

香四郎は、浅草寺本堂へ向かうことにした。

「殿さま。相手は小役人じゃなく、奉行所から出張《でば》っている与力ですぜ」

熊十の気遣わしげなことばを背にしながら、香四郎は走った。

さすがに吉原面番所は、本堂脇の温かい庫裏の中に置かれていた。

「誰だ。ここは今夜から仮の町奉行所となったゆえ、入ることはならぬ」

役人に制されたが、香四郎は言うのも面倒と脇差の鎺《はばき》をかざして見せた。

なんだこれはと、役人は不審を眉間《みけん》に見せたが、突如目を剝《む》いた。

「………」

言いわけめいたことを口にしようとする役人に構わず、香四郎は奥へ進んだ。

お杉がうなだれて土間に正座するところに立ちはだかり、奉行所与力と思《おぼ》しき者に言い放った。

「千鳥と申す女の客は、水戸徳川家臣ではないか」

水戸の名は、口から出まかせである。

勘が働いたわけではないが、香四郎に降りかかってきた禍《わざわい》がどれも水戸徳川だったことで、言ってみただけだった。

おどろく与力に、先刻の役人が耳元に囁いた。三ツ葉葵の拝領刀を持つ者と、言ったのだろう。

与力は上《あが》り框《がまち》を降りて、頭を下げてきた。

「挨拶など要らぬが、勝本の客が水戸かどうかを答えてくれ」

「はっ。水戸藩江戸下屋敷詰めの者が、多かったそうでございます」

「まちがいないか、お杉」

香四郎がふり返って訊《たず》ねると、遣手はコクリとうなずいた。

「千鳥は、いつ誰の手より見世に入ってきたか教えてくれ」

遣手は、出入りの女衒《ぜげん》ではなく、取手宿《とりでじゆく》の人入屋《ひといれ》からと白状した。

「左様なこと、ときにもなかろう」

「まちがっても、仕入れ先に知らぬ者をなんてございませんです。けど、あまりに安い値だったもので、つい……」

廓内《くるわうち》のご法度《はつと》を犯しても、銭《かね》の高には抗《あらが》えないと言った。

そればかりか千鳥の客は決まって侍ばかりで、ほかの客は入れられなかったと付け加えた。

「訊ねたい。千鳥は遊女ではなかった。ちがうか」

「はい。身を売る花魁の匂いは、少しもいたしませんでした」

「なにゆえ見世に置いた」

「だって、十日ごとにお小遣いをいただけたんですもの」

当たり前じゃありませんかと、お杉はシレッと言いのけた。

「………」

無給の遣手に、香四郎は返すことばがなかった。

出張っていた与力を見た憶えがないことで、遠山の南町ではなかろうと知れた。

「月番は北町どのか」

「はっ。ご貴殿におかれましては……。いえいえ、わたくしはなにもうかがいませんゆえ、どうか……」

与力のことばは曖昧で、小役人のようだった。

小遣いをもらっていた遣手が、詳しいことを知るわけもなく、香四郎はそれ以上の詮索を諦めた。

おそらくだが、千鳥という女が攘夷《じょうい》一派の中継ぎ役とすれば、話の辻褄は合ってくる。

水戸を柱として、西国諸国には異国排斥《はいせき》の攘夷思想の志士が増えつつあった。これをまとめたいものの、一つところにあつまっての合議は幕府の目があり、難しくなっていたのだ。

女を介在させることで謀議と見られないのと、吉原の廓見世である限り聞き耳を立てる者がいないところになった。

敵も考えたものである。

もちろん香四郎の推量が正しいとは言い切れない。しかし、水戸藩と分かったことだけでも攘夷と結びつけられた。

御三家の水戸であれば、町奉行といえども問い詰められない立場にある。

与力は香四郎が葵紋を背負った者と知ったことで、江戸城内で処理してくれるものと、信じ黙り込んだ。

「あのぅ、あたしはまだ」

遣手のお杉が上目《うわめ》づかいで見込んでくるのを、香四郎は怖い顔でうなずくしかなかった。

嬉しそうに立ち上がった遣手は、抱えてきた蒲団をふたたび背負い、どこに敷こうかしらと笑っている。

同心が香四郎に、念のため遣手は当分のあいだ見張るつもりだと囁いた。

庫裏をあとにする婆さんが、どうということもない笑いを香四郎へ向けた。無垢《むく》で下心のなさそうな目つきは、攘夷の片棒を担いでいると思えなかった。

「婆さん、お道化《どけ》ておる」

このまま若紫のもとへとも考えたが、香四郎は中野小淀《こよど》の新しい屋敷へ帰ることにした。

辻駕籠《つじかご》をと、同心に頼んだ。

「与力さまが乗って来られた奉行所の乗物がございますゆえ、それにて」

香四郎は乗った。

月が冴々《さえざえ》として昇っているのを、美しく見た。駕籠のつくる月影が、淡く映っている。

おのれの軽さに、重なってきた。

乗物の引き戸が閉まると、闇の中の人となった。

幕府の決定が攘夷と決まったわけではないが、香四郎が蝦夷へ赴《おもむ》くことも含め、世をあげての異国対応のようだ。

日ごと陽が東の空に昇る中で、知らぬまに月が出ているときがある。

――黒船とは、そうしたものか。

その昼の月が一つではなく、数知れず出てくるとしたら……。

考えてもはじまるまいと、目を閉じた。

「わたしは表舞台に立ったのだ」

西も東も定かではない香四郎だが、舞台に上がるからには怖気《おじけ》づくわけにはいかなかった。

揺れる乗物が眠気を誘ってくるにもかかわらず、珍しく気をしっかりと持てた。

懐手《ふところで》をすると、財布ひとつ持っていないのを思い出した。おそらく銭も、着ていた物も焼けたろう。が、大小の差料はある。二挺《にちょう》の短筒《たんづつ》は西ノ丸目付の小村精之丞に預けてあった。

裸とはいわないまでも、熊十が取りあえずと羽織らせてくれた着物は、ペラペラの安物。

こんな間抜けな恰好は、家の者に笑われるにちがいない。そう考える内に、これもまた舞台衣裳かと思えてきた。

檜《ひのき》舞台に上げられる新参役者は、与えられた衣裳に身を包み、一幕《ひとまく》を務めなければならなかった。

「台詞《せりふ》がもらえぬというなら、吠えてやる」

闇の一点を狙んで、香四郎はつぶやいた。

〈四〉オロシャ船、接近す

一

府外の地とはいえ、こんもりとした杜《もり》の中に建つ峰近家《みねちかけ》の母屋《おもや》は大名の下屋敷ほどの造りとなっていることに、香四郎《こうしろう》は気づかされた。

弘化二年の師走《しわす》、吉原が焼け落ちた翌々日である。

家の者は香四郎が蝦夷《えぞ》へ赴《おもむ》くことを知ると、それぞれ仕度をはじめだしていた。

用人おかねはいつもと変わらない表情で、七婆衆《しちばばしゅう》の六人を指図している。

残る一人おつねは、峰近家養女とした赤子の御守り役として、加太屋《かぶとや》に戻っていた。

香四郎の出立《しゅったつ》は、正月四日。あとひと月ばかりだ。

どれほどのあいだ蝦夷地に逗留《とうりゅう》するか、決められてはいない。三ヶ月でも三年でも、それ相応の仕度をしなければ、なにもないとされる地で困るのは誰の目にも明らかだった。

「向こうでは、とにかく数でございますよ」

女中頭《がしら》おふじが、大層な荷造りを山ほどこしらえていた。

「引っ越しのようだ」

「あたり前です。奥方さまこそご同伴できませんが、従者も含め峰近家ごと移るのですから」

「おふじ。従者一名のみと、言い渡されておるのだぞ」

「まぁ、お一人しか許されないのでございますか」

「蝦夷地に、館《やかた》もどきはあるらしいが、海防掛《かいぼうがかり》のわたしの住まいは、仮小屋のようなものとも聞かされている」

役料を加えて八百石の旗本に戻ったのにと、おふじは浅黒い顔を歪《ゆが》めて見せた。

ほかの女たちは、峰近家の正月に向けての仕度に余念がなかった。

大掃除の下準備をはじめる者や、御節《おせち》の下拵《したごしら》えをする者、正月の登城用紋付などを揃える者などである。

用人格の和蔵《わぞう》だけが、妙に落ち着きなく見えた。

「和蔵を従者として連れては参らぬゆえ、心配無用ぞ」

「それは分かっております。いい年をした武家でもないわたくしは、彼《か》の地で役に立つとは思えません。実は——」

話しながら、和蔵は深刻さを鼻の縦皺《たてじわ》に見せてきた。

「聞こう」

「殿が先夜、吉原の女がとの話に関わります」

「攘夷《じょうい》の一派であったか」

「まちがいないようでございます。わたくしどもの帆影会《ほかげかい》が、突き止めました」

帆影会は高島秋帆《しゅうはん》を慕う開明派の集まりだが、表立っての行動をしない代わりに、黒船の出没、抜け荷の、異国事情などに通じていた。かつて抜け荷商だった和蔵は、その祐筆役《ゆうひつやく》としても働いていた。

「裏で糸を引くのは、水戸だったか」

「はい。お考えのとおり、西国の攘夷志士を束ねたいためのようです」

「火を付けたということは、目的を達したからとなるな」

「わたくしの気懸りは、秋帆先生の身でございます」

「武州岡部へ、参りたいか」

「お許しねがえますでしょうか。ご当家を離れるのは忍びないのですが、先生のお側に仕《つか》えたく存じます」

「よかろう。ご老中へ、秋帆どのが知る和蔵を下僕にと、頼んでおく」

「ありがとう、ございます……」

泣きそうな和蔵が、おかしく見えた。

「涙もろいは老いの癖というが、下僕のおまえが年寄りでは、秋帆どのに迷惑となろうぞ」

「二十歳《はたち》に立ち返るつもりで、武州へっ」

笑いあった。

そのあと香四郎は、わずかしかいられない新しい屋敷の外に、出た。

生まれ育った番町の旗本邸は懐しいが、そこは祖先が与えられたのであって、香四郎の才覚とは無縁なのである。

が、ここ小淀村《こよどむら》の屋敷は借りものとはいえ、自分がつかみ取ったと言えないこともなかった。

いや、輿入《こしい》った妻女がと言い換えるべきだろう。公家今出川《いまでがわ》の姫君おいまは、公私にわたって香四郎を支えていた。

正月となれば、その妻とも別れなければならない。生きて帰れたなら、再会は叶う。しかし、確約《いく》をできそうな根拠はどこにもいなかった。

黒船を相手に戦さとなるか、酷寒の中で凍え死ぬか。食べる物に窮して飢えるのは、辛かろう。

中野小淀という江戸府外にある限り、そうした過酷さは身に迫ってこないでいた。

残すおいまを想った。

明けて十七になる妻女は、蝦夷行きを告げると、なんと大仰《おおぎょう》なと平静を見せた。

「蝦夷は京の都より遠く、冬場の汲み置き水は固まるところぞ」

「お牢より、ましではございませんか」

「――。まぁ、そうであるが」

「先任の方々とて、いらっしゃるのでしょう。弱気にすぎます」

「そうではなく、異国と戦さになることも考えねばならぬ時節となったのだ」

「海防掛となった香四郎さまは、蝦夷地での筆頭すなわち幕府の名代《みょうだい》ではありませんか。戦さを回避なさるよう、お働きくださいませ」

「………」

若い妻を気遣ったつもりが、叱咤《しった》されたのである。

檜《ひのき》舞台に立つ役者には、しっかりした楽屋ができていた。

ほんの一年ほど前、香四郎も含めて誰がこうなると想い描けたろう。

旗本となって出世したことでなく、素敵にすぎる者たちに囲まれている今をである。

「憂《うれ》いは、一つとてない」

ことばにすると、身内から力が漲《みなぎ》ってきた。


蝦夷行きになったことで、なにをおいても香四郎は馬の稽古をしなければならなかった。

「彼の地はとてつもなく広いばかりか、駕籠《かご》を担ぐ人足とておりませぬ」

老中首座の阿部伊勢守の使者は、立派な鞍を土産に携えた折、そう述べた。

小淀の新屋敷には、馬も厩《うまや》も揃っていただけでなく、馬場となるほど広い原ができ上がっていた。

が、馬を教えてくれる者がいなかった。

指南役が数日後あらわれ、十日ほどで乗れるように致しますと竹の鞭《むち》を鳴らした。

泰平な世にあると、剣術ほどに普及しなかった馬の稽古だった。広い馬場の取れない江戸であれば、早駈けのできる侍は無用だったのである。

加えて小禄の武士は、飼葉代《かいばだい》にも事欠いたことで、馬に乗れる者すら少なかった。

「ご老中の命にて、本日より早速稽古をと参った次第。大坪流《おおつぼりゅう》師範、原田為貞《ためさだ》と申します」

香四郎の返事を待つことなく厩へ向かい、老中の松平和泉守より贈られた馬を品定めしはじめた。

「毛並といい、脚の長さ、目つきなど、申し分ございませんな。この鞍は……」

「ご老中阿部伊勢守さまより」

「新しすぎますゆえ、尻に馴染むまで時がかかります。拙者の持参した鞍を」

言いながら為貞は、手早く鞍を替えた。

改めて眺めた指南役の顔が馬並みに長く、香四郎は笑いそうになった。

「まずは拙者が乗って、お見せいたしましょう」

舟形の鐙《あぶみ》に片足を掛けると、ヒラリと跨っていた。

軽く馬の腹を蹴り、馬に歩みをもたらせた。人馬が一体となって、見ているだけで楽しそうだった。

広い原を、軽快に駈けてゆく。これが十日でできるのかと、嬉しくなってきた。戻ってきた為貞と入替わるように跨った香四郎は、改めて馬上にある身の高さを知った。

落馬しそうになったときも含め、かつて二度ほど市中で騎乗したときは気づけないでいたが、広い庭で乗ると二階にいるような気になるものだった。

「これで走れと、申されるか」

「いかにも。まずは拙者が馬の轡《くつわ》を取り、ゆっくりと歩ませます」

手綱《たづな》を取った指南役は、馬を曳いた。

香四郎は固くなった。

「峰近どのには今少し、体を弛《ゆる》めるとよろしいかと存じます」

いかめしく肩肘を張っていると、落馬するという。人馬一体にならない限り、馬は乗り手を信用してくれないものだとも付け加えた。

「わたしの馬も、蝦夷地へ参れるか」

「残念ながら、彼の地にはそれなりの馬がおるでありましょう」

「なれば、人馬が一体となれても駄目なのではないか」

「馬は、人を見ます。峰近どのが馬を見定めるのではなく、あくまでも馬が主《あるじ》です」

女に好かれるより難しそうだと、香四郎は口に出しそうになった。

二日目、三日目、四日目がすぎると、馬が親んでくれそうなのが分かった。

為貞が轡を取るのを止め、独りでと言う。

馬の歩みに合わせ、身を預けられるまでになっていた。

七日目となり、軽く走らせることができて、早駈けの真似ごとをと言われた香四郎は意気込んだ。

「それ」

鐙にのせた足と手綱で、馬が動きだした。

機嫌よさそうに馬は嘶《いなな》き、小走りとなった。香四郎の気分も上々で、身を任せられた。

手綱の加減で、右にも左にも走った。

「はいっ」

声を立てた香四郎は、風を切っているのを感じた。

速い。自在になってくると、なんとも心地よくなる。

——もう、馬は乗りこなせた。

「殿。昼どきでございます」

珍しそうに馬の稽古を見ていた政次の声に、香四郎は「おう」と答えた。

バタンッ。

目の前が暗くなり、体じゅうに衝撃が走った。

「大丈夫でございますかっ」

指南役の声に、香四郎は落馬したのを知ったのである。

おうと言ってふり返ったところに、太い枝が横から伸びていて、それに頭をぶつけたのだ。

額と腰が痛かったが、為貞は笑いながらうなずいていた。

「仕損じて身につくのが、武芸の奥儀《おうぎ》。もう拙者の指南は、無用なようでございますな」

「いっ、痛っ……」

痛みをこうむっただけの効果は、あったようである。

十日を待たずして、香四郎はとりあえず馬を走らせることができるまでになれたのだった。


年内は自邸にて英気を養うがよいと、香四郎は言い渡されていた。

聞こえはいいが、蝦夷地での逗留が長引くとの、遠まわしな配慮と思われた。

吉原の廓見世《くるわみせ》の番頭だった熊十《くまじゅう》を、高島秋帆のいる武州へ出向いた和蔵の代わりに峰近家へ連れてきたのは、暮も押し迫った二十八日である。

用人のおかねが目端《めはし》の利く男を気に入ったのは、算盤が達者なのと、人をそらせない口舌《くぜつ》のようだった。

「おまえさま、幾つになりなさるか」

「へい。三八《さんぱ》の二十四孝《にじゅうしこう》の、親不孝者でございます」

「廓とちごうて旗本家の客は、軽い者を嫌います。銭勘定が巧みなだけでは、峰近の名折れになりましょう」

「承知しております。しかし、ご当家には用人さまをはじめ、お女中衆が大勢。みなさま方を花魁《おいらん》といたし、無体《むたい》な客から守りますのが見世にあった番頭の馴らいでございました」

「旗本家を、廓見世にと——」

おかねの笑いに、真剣な目つきが加わっていた。

自身も女の用人であれば、他家とはちがうと気づいたのである。

香四郎が口を挟んだ。

「峰近と申す見世になるのなら、おかねは用人ではなく遣手《やりて》か」

「そこまで言ってませんや。殿様」

熊十が慌てた。

しかし、用人は鷹揚《おうよう》にうなずき、襷《たすき》を掛けた。

「今日からは始末でっせ、お女郎衆にもたんと働いてもらわんと」

一同が笑う。

用人格だった和蔵を、武州へ送り出したのである。熊十を用人心得として、召し抱えることになった。

二

弘化三年、正月。

実質八百石となった峰近香四郎は、将軍拝謁《はいえつ》の登城に身なりを調《ととの》えた。

お目見得《めみえ》の栄誉を賜《たまわ》る旗本ではあるが、石高三百では末席と覚悟した。別段、気にもならないでいる。

たとえ足軽となっても、幕府への奉公は揺るぎない。という以上に、民百姓を思う侍であればよいと思った。

明けて二十三となれば、もう若輩《じゃくはい》と言い逃れのできない齢《よわい》なのだ。

正月の登城は、裃《かみしも》を着けるのが決まりとなっていた。

「お似合いでございます」

十七となった妻女おいまが、固苦しい姿となった香四郎を称えた。

「世辞など、無用ぞ」

「いいえ、遠国《おんごく》へ向かわれるのであれば、死装束となりましょう」

「――。死出の旅路か、侍冥利《みょうり》に尽きるな」

清々《すがすが》しい気がして、香四郎は妻女の顔をまじまじと見つめてしまった。

ことさらに冷える朝だが、まったく寒さをおぼえないのは高揚した気分ゆえだろう。それ以上ことばを交すことなく、磨き抜かれた廊下に出た。

玄関には用人をはじめ、一同が顔を揃えてすわっていた。

長く裾《すそ》を引く袴《はかま》が歩きづらいのは知っているが、ほかの旗本のそれを踏んでは無礼とされるだろうと、つまらない想いに捉われた。

登城してから着ける長袴だが、稽古ですと穿《は》かされていたのだ。

おかねが進み出て裾をつまむと、紐を掛けた。

「なにをいたした」

「城中では裾を引いて歩きますものの、外ではこうして裾をからげておきます」

「歩きやすい。御城の中でも、こうしておきたいが」

それができない長袴である理由は、走れなくして、刃傷《にんじょう》を防ぐためと香四郎は教えられていた。

「行ってらっしゃいませ」

おいまの挨拶で、主《あるじ》は乗物の中へ入った。

明六ツ半。元旦の空は晴れ上がり、自分を寿《ことほ》いでいると見たのは、幕臣の中で香四郎だけだと思えた。

老中が差し向けた大名駕籠《かご》であれば、なおのことである。

考えるまでもなく、今日まで自前の乗物を必要としないでいたのは、死地へ赴《おもむ》く大役があったからにちがいない。

にもかかわらず清々しくいるのが、ふしぎだった。

府外の中野村であれば、一挺《いっちょう》の駕籠も見ることはなかった。

町駕籠はもちろん、この辺りに登城する武士のいるはずはなく、香四郎は大名気分を満喫していた。

市中に近づくにつれ、大名や大身の旗本の登城に出遭いはじめた。が、おかしなことに、香四郎の駕籠は先を譲られた。

どんな家紋が刻まれているか見もしなかったが、阿部伊勢守家のものなのだろう。これまた、ありがたく享受することにした。

城内に入っても、格別の扱いは同じだった。

海防掛として、老中首座の阿部伊勢守の背後に控えることになり、間近に将軍の尊顔を拝したのだ。

峰近香四郎は死地に赴く旗本として、最期の栄誉を賜《たまわ》っているにちがいなかった。

拝謁のあと、海防掛は桔梗《ききょう》ノ間《ま》にあつめられた。いつもは奥医師の溜り場とされる部屋だったが、伊勢守の意向で空き部屋となっていた。

知った顔は伊勢守と、江川英龍《えいりゅう》だけである。

が、居ならぶお歴々にしてみるなら、見知らぬ旗本が加わったことに首をかしげているはずだった。

阿部伊勢守は、末席に就く香四郎を、近々蝦夷地へ出向く海防掛の峰近とだけ紹介した。

「ほう」

声にならない声が誰彼となく発せられて、香四郎は人身御供《ひとみごくう》にさせられるのだと、確信にいたった。

顔見知りの英龍だけ、頼みますその目を向けてきた。

——お任せねがいます。

香四郎も目で応え、うなずいて見せた。

一枚の紙がまわされてきた。日本の絵図である。

この半年のあいだに、六十余州の海にあらわれた黒船が点で記されていた。

「同一の船があるかとも思うが、百五十を超えておる。交易を求めるものから、水深を測るものまで、どれも開港につなげようとの思惑であろう」

「ご老中へ、おうかがいいたします。百五十余の船は、すべて砲を備えておりましたか」

英龍が口を開いた、

「半数以上が、砲門をもつとの報告を受けた」

「…………」

みな押し黙った。

香四郎は絵図を眺め、蝦夷の周辺に点が多いのを見つけた。上陸の報せが、あるのかないのか。訊《たず》ねようとしたが思いとどまった。

ないのであれば、香四郎を向かわせるはずはないのだ。

開港交易を求めないまでも、鯨獲《くじらと》りの船が薪《まき》や水を給与してほしいと、寄港しているともあろう。

考えたいのは、幕府としてどこまで許すかだった。

攘夷を旨とする者は、水一杯でも差し出せば食べ物を求め、やがて居すわるにちがいないと、一切を拒否せよとなる。

一方、開港いたしかたなしとする者は、力に訴えてこない限り、徐々に認めるべきとしていた。

新参の香四郎に一任されるわけなどなく、どのような命が下されるか気になった。

が、海防掛の評定《ひょうじょう》の場では、明確な沙汰も方向も示されなかったのである。

「峰近に問う」

いきなり伊勢守がふり向いて、香四郎を見つめた。

「そちの思うところを、披瀝《ひれき》してほしい」

「思うところとは、黒船への対処でございますか」

「それも含めて、異人の上陸をどう考える」

「……。どうと申されても、幕府として――」

「将軍の台慮《たいりょ》が、一つに決めかねておるのである。なんら絡みのない峰近だからこそ、忌憚《きたん》ないところを聞かせよ」

香四郎には後ろ楯がないも同然なばかりか、損得も生じない旗本もあった。しかし、妻女は公家の出なのである。

「申し上げます。昨年、公卿今出川家より、わが峰近に輿入《こしい》れがなされたゆえの含みがあってのお訊《たず》ねでしょうか」

「都より攘夷を徹底せよと、託《ことづ》かった……」

「まったくございません。また、水戸さまに関わると思《おぼ》しき連中より邪魔だてをされましたが――」

「峰近は、攘夷を嫌ってか」

古参の旗本が、間髪を入れず畳み込んできた。

「いえ、そう決めたものでは……」

「左様な優柔さでは、役目を果たせまい」

「戸田どの。新参の同輩を、追い詰めるのはいかがか」

江川英龍が手で制した。

おもむろに香四郎は口を開き、一同を見まわした。

「海防を第一とする地へ出向けとの命は、一にも二にも異人と直《じか》に接するほかなしとの理由ゆえと思います。威嚇《いかく》してくるか、下手《したて》に出てくるか。今までは代官あるいは藩の下役《したやく》が命じられていたまま応対しただけのことでありました」

異国の者を見定めた上での応対をしていなかったはずと、香四郎は切り返した。

「ということは、峰近は誰の指図もなく異人を迎えてみせると申すのだな」

「幕府の名代《みょうだい》と申しては口幅《くちはば》ったく聞こえましょうが、まずは会ってみてのことと決めた次第です」

「それでよし」

老中首座の間髪を容れないひと言が、一同を黙らせた。

言い切った香四郎だったが、正月というのに冷たい汗を見た。


正月の雑煮も御節《おせち》料理もまともに味わえなかったのは、屠蘇酒《とそざけ》が水杯《みずさかずき》に思えたからにほかならない。

いよいよ四日、出立《しゅったつ》の日となっていた。

香四郎は元日の登城と同じ乗物に迎えられ、中野小淀の表口に立った。

おいまとは、三日のあいだ片時も離れずにいたつもりでいる。

が、覚悟のほどは、若い妻のほうが勝っていた。朝となった今、涙どころか目を伏せもしないでいるのが、香四郎にはちょっとした落胆だった。

従者となる熊十が、駕籠の脇にいた。

おかねたち女は、厳粛な風だった。しかし、おいまが微笑《ほほえ》むと一斉に笑顔となったことに、香四郎は応える顔を作れなかった。

代わりに、見送る政次が笑って見せた。それも苦笑いとなれば、さらにぎこちなくなるのだ。

「蝦夷に飛脚がいるとは思えぬゆえ、便りがないのは無事と思ってくれ」

元日から言いつづけていた香四郎のことばで、かえって場を白けさせた。

「さらばじゃ」

乗物に入ると、引き戸がすぐに閉められた。


出航は四ツ刻だが、湊《みなと》となる浜御殿《はまごてん》には大勢の見送り人があつまっていた。

幕府御用船は千石の弁才船《べざいせん》で、全長八十尺あるという。川舟とは、まるで大きさがちがった。

赴任に必要な諸々の物は、すでに峰近家より積み込まれている。

「熊十、われらも乗り込もう」

「へ、へい……」

気《き》後《おく》れを見せた従者は、やはり地の果てと思えるところに行くのが心配のようだ。

やはり臥煙《がえん》の政次《まさじ》のほうが適していたかと思い直したが、届け出た後では仕方なかった。

千石もの弁才船と陸をつなぐのは、艀《はしけ》と呼ぶ小舟である。香四郎が先に乗り込んだところで、渡してあった板が外された。

「まだ一人おる」

「いいえ。峰近さまの従者は一名と、うかがっております」

「そこにいる者が、それだ」

香四郎は熊十を指さしたが、艀に乗っていた役人は停泊している千石船を見つめて、すでに乗船していますと答えた。

「左様であったか……」

陸《おか》に残る熊十を見ると、軽く会釈をして見送っていた。

政次が気を利かせ、名乗り出てくれたのだろう。心強く思えた香四郎は、顔をほころばせた。

艀はゆっくりと動きだした。

三

江戸湾の波は、静かだった。

こんな小舟でも、あまり揺れることもなく気持ちがいい。蝦夷地へ向かう大船は、どれほど壮快なものだろうと四方を眺めた。

遠い西の彼方に富士が見えたとき、おのれの役目の大きさを改めて思った。

とてつもなく広い大地を、馬で疾走する自分も想い描いた。艀《はしけ》の揺れが、馬上にあるのと同じに感じられたのである。

蝦夷行きの弁才船《べざいせん》が間近に迫るのを見て、とてつもなく大きく思えた。

西まわり東まわりの廻船《かいせん》の中でも最も大型なもので、商船には禁じられている天測儀の携行が許されていると聞いていた。

「万が一でありますが、漂流しても天測儀が帰るところを示してくれます」

なんと頼もしい船かと、香四郎は艀から御用船へ乗り移った。

広い甲板は幅が四十尺あり、剣道場が幾つも取れそうに見える。

一本の太い帆柱に真白な帆が上がりはじめたのは、香四郎が乗り込んだからのようだ。

「船頭を仰《おお》せつかりました利助《りすけ》と申します。しばらくご不自由をお掛けいたしましょうが、ご辛抱ねがいます」

「うむ。して、幾日ほどで蝦夷へ着くか」

「空模様と海の荒れようによりますが、十日ばかりと考えております」

胸板だけでなく顔にまで逞《たくま》しさを見せる四十男の利助は、途中で黒船に出遭えるかもしれませんと笑った。

「出遭ったなら、並んで走れるか」

「まさか。あちらさんの船は、三日もあれば蝦夷まで行ける足の速いものです。下手すりゃ波に煽《あお》られて、こっちが転覆しちまいます」

「…………」

総員十六名の幕府御用船は、ゆっくりと動きはじめた。

利助に案内され、甲板下にある香四郎のための居室に向かった。

「暗いのだな」

「仕方ございません。沖へ出ますと多少揺れますので、火の気は危のうございます」

どうしても明かりが要るときは、手燭《てしょく》に頼ってほしいと、梯子《はしご》の脇に掛かっている笠つきの燭台を指し示した。

部屋は四畳半ほどで、頭のつかえそうな小屋ほどのものだった。

「狭い上、蒲団は敷いたままなのか」

「へい。押入れが作れませんで、これも辛抱ねがいます」

「ところで、臥煙はどこに」

「ガエンというと、どんなもので」

「わたしの従者が先乗りしておると、聞いて参った」

「あ、あのお人はガエンさんと申されるのですか」

船乗りに、江戸の火消は分からないらしい。名は政次だと言うと、おかしな顔を返してきた。

「まぁ名なんぞ、どうでもよろしゅうございます。お付きのお人は、船倉にある台所におられます」

食い気に走るのは、色気に無縁の船の中では無理もなかろうと、導かれるままさらに下へ降りた。

昼餉《ひるげ》の仕度か、味噌汁の煮える匂いがしてくると、腹が鳴ってきた。

「おまえは料理番も致すのか、政」

見たことのない大きさの七輪を前に、臥煙らしくない厚着の政次がしゃがんでいる。

「とてつもなく寒いと聞き及んだので、左様な恰好とは面白い」

香四郎に笑われ、頭を掻いている。が、髷《まげ》がちがった。

ふり返った顔が政次ではなく、女それも婆《ばあ》さん……。

「おふじ――」

紛《まご》うことなく峰近家の女中頭おふじで、照れたように笑った。

「なぜ、おまえが……」

「いろいろとございまして」

「向かう先は蝦夷で、女のおまえにできることがあるとは思えぬ。船頭、船を戻せ。いかん、これはなんでも――」

「峰近さま。引き返すことは、できません。従者一名はこちらさんであると、台帳に載っておりました」

「しかし、女だぞ。それも六十に近い者ではないか」

「女だからなんだと仰せでしょう。お殿さまの着物や足袋《たび》の繕《つくろ》いに洗いもの、三度のお食事から細々とした持ち物の出し入れまで、女のほうが重宝です」

言い切り方が、強かった。

啞然《あぜん》とするばかりの香四郎に、船頭がことばを差し入れてきた。

「彼《か》の地には館《やかた》もどきはございますが、女手はありません。土地の女が食べる物を運んで顔を出すそうですが、館の中へ入ることまで許されていないのです」

利助は繕いもの一つでも、おふじが行くほうが役立つはずと、納得していると口にした。

「…………」

乗船した滑り出しから、考えだにしないことに出くわしてしまったのであれば、新参役者の香四郎は台詞《せりふ》ひとつにもつまずいてしまったのである。

が、気を取り直して、おふじと向かいあった。

「おまえは籤《くじ》に外れたことで、従者となったのか」

「まさか。自ら名乗り出ましたのです」

「なにゆえに」

「わたくし、明けて五十八となりました。不細工な顔で縁遠かったこともあり、とうとう所帯をもてないまま今日に至りましたのです……」

紀州徳川家の女中として、長いこと中屋敷に暮らしていたおふじは、五十七となり暇を申し渡された。

が、捨てる神あれば拾う神ありで、峰近家の女用人おかねに誘われたのだったという。

「誘われなんだら、いかがあいなった」

「小石川の養生所で、働けるまでと決めておりました」

どうせ先は知れている。幸か不幸か親戚も遠く、まだ元気だったことで自棄《やけ》にならずに済んだと付け加えた。

「左様か。わたしは迂闊《うかつ》なことに、七婆衆の生い立ちや暮らしなどを聞かずにいてしまった」

「七婆衆ですか、知りませんでした」

笑ったおふじの顔が、子どもっぽいことに気づいた。

「なんであれ、よりによって蝦夷行きに名乗り出るとは豪胆である」

「若い政次さんはもちろん、来たばかりの熊十さんもまだ先が長いのです。とすれば、年長のわたくしが誰よりも適しているだろうと、用人さまへお伺いを立てました」

「おかねは、承知したか」

「はい。死んで来なさいと」

「乱暴だ。武家でもないおまえに、なんと勝手な——」

「こう見えましても、父は足軽でございます」

足軽も侍の端くれと、胸を張った。

おふじが蝦夷行きの従者となったことで、政次も熊十も抗弁《こうべん》した。が、おかねがうなずくことはなかったという。

「…………」

香四郎の知らないところで、それなりの葛藤があったと分かってきた。

またもや芝居を想った。

——役者が舞台に上がる後ろには、多くの裏方が働いているのだ。おれも看板役者となるべく、しっかり務めねばなるまい。

見得を切ったつもりの香四郎は、大きく傾《かし》いだ。

「ん——」

支えてくれた利助が、外海《そとうみ》に出ましたと言って甲板に上がっていった。

どこまでも身が沈むと感じたとたん、体そのものが宙に浮いた。

「うわぁあ」

言ったきり、おのれの身でなくなってきそうなことが怖くなった。

「波が出ているのでございましょう」

「おふじは、なんともないのか」

「別に」

揺れているのとはちがう。上に持ちあげられたとたん、どこまでも下へ引きずり込まれるのだ。

考える間もないほど、香四郎は弄《もてあそ》ばれはじめた。

グゥッ。

喉の奥が鳴った。船酔いである。

尋常な酔いとは異なり、目がまわってきた。立っていられない。といって、すわり込んでも同じだった。

すぐに気持ちが悪いのを通り越し、苦しさに見舞われはじめた。

胃ノ腑《ふ》の底から、突き上がってくるものがある。

小さな盥《たらい》が、おふじの手によって香四郎の前に差し出されたのは、ムカついて胸から迫り上がってくる物が吐かれるのと同時だった。

朝餉の味噌汁の若布《わかめ》が、その中に見えた。

「長い船旅、船酔いにはお味噌汁がいいのだと聞いております。お代わりをなさいませ」

台所番のおきみに言われるまま、香四郎は今朝二杯も飲んでしまったのを思い出した。

――少しも効かぬではないか……。

腹が立ったとたん、第二波が悪阻《つわり》のように襲ってきた。

「すべて、お吐きなさいまし」

香四郎の背をさすり、おふじが盥を近づけてくるが、今度は臭《にお》いに負けた。

「オッ、オエッ」

苦しさと、不快と、言い知れない怖ろしさが、香四郎を打ち据えてきた。

四つに這ったまま、大きく上下に翻弄されつつ、死を想った。

逃げどころのない責め苦が十日もつづけば、彼の地に降り立っても働けるはずはないと、冷たい汗を体じゅうに感じながら目を閉じた。

気がついたのは船中の居室で、翌朝となっていた。

「お殿さま、お食事を」

「あぁ、おふじか。朝めしなど入らぬ」

「昼餉でございます」

「ひ、昼となっておるのか」

「よくお休みで。丸一日ものあいだ、目をお覚ましになられませんでした」

香四郎は起き上がろうと、片手をついて立った。

揺れた。

「――――」

とたんに体が、浮き上がったのだ。

尻餅をついて盥を探したが、見あたらない。薄暗い中で焦った。血の気が引いてゆくのが、自分でも分かった。

「お昼は止《よ》します。盥はここにございますが、もう吐く物はございませんでしょう」

盥を手に取らせたおふじは、構っていられませんと出て行った。

――薄情者め、用人おかねと同じではないか……。

悪態はつけるものの、吐き気に打ち消されたのはいうまでもなかった。

「眠れば、眠ってしまえば、蝦夷に着くのだ」

口に出した。ところが、目をつむっても横になっても眠れるはずはない。腹の中にはなにも残っていなかろうが、吐き気は息をするたび上がってきた。

「く、苦しい……」

言ったところで、助けてくれる者はいないのだ。

「船を陸《おか》に、着けろっ」

叫んでも聞いてくれるはずはなく、外海にあっては千石の廻船でも頼りないと知るばかりだった。

蒲団を握りしめ必死に堪える自分を、なぜか男をはじめて迎えるときの女郎と重ねあわせていた。

馬鹿な奴と、おのれを嘲《あざけ》った。


三日目、少しも波は収まらないでいた。

香四郎の腹が鳴った。

ほうじ茶と焼いた芋がもたらされ、利助は腹に入れろと言う。

「吐くだけであろう」

「よろしいのです。なにも口にしないより、ましというもんでございます」

茶は飲めた。しかし、芋が呑み込めなかった。

「船に馴れることはないのか」

「人によります。今日など、波が静かといってよろしいのです」

「これで静かだと申すか」

「今の内に申しておきますが、いずれ荒れるときが来ると覚悟をねがわねばなりません」

「荒れるのか、今より」

「本日なんぞ並の波でございます」

「――――」

洒落《しやれ》にもならないと、香四郎は壁にもたれながら低い天井を見上げるしかなかった。

四日、五日とすぎても、時化《しけ》と呼ぶ荒れる日が来ることはなかったが、食欲は湧かず、船酔いはつづいていた。

おかしなことだが、ろくに食べてもいないのに、出る物はあった。日に二度だが、厠《かわや》へ通わざるを得なかった。

厠は船の艫《とも》にあるが、井桁《いげた》に組まれた太い棒に尻を押しつけ、用を足すのである。

出た物は海の藻屑《もくず》になるのだが、一つまちがえば自身が落ちてしまう造りとなっていた。

このときばかりは、酔っていられないと死にもの狂いとなった。

夏であったなら、香四郎はずっとここに居つづけたろう。が、真冬の外海に尻を晒《さら》しているわけに行かず、冷たくなった尻を納めた。


六日目、寝ていた香四郎の喉元に酸《す》いものが上がって、起こされた。

眼に映ったのは、天井に近づいていた足先である。

――時化か。

気づいたところで波が収まるわけはなく、上下左右に翻弄《ほんろう》されはじめていた。

ガラ、ガラッ。

部屋にある物が滑るように動き、香四郎自身も壁に押しつけられてしまった。

床が傾《かし》ぐ、敷きっ放しの蒲団がずれ、盥が走る。

「帆を下ろせ……」

利助の怒声が遠く風の中に聞こえたが、香四郎はそれどころではなくなっていた。

カタン。

盥が音を立て壁に当たったとたん、香四郎の体は一瞬浮き上がった。

「あぁぁぁ――」

賭場《とば》の賽《さいころ》のように、転がされた。

目がまわるのではなく、叩きつけられまいと一心不乱になるだけだった。

どれほどのあいだだったたか、見当もつかないで気がついたのは、蒲団の端をつかんだまま寝入ったらしいと知ったときで、あまりの情けなさに泣きたくなった香四郎である。

――凌辱《りょうじょく》された女のようなものか……。

大揺れがおさまった七日目にして、香四郎ははじめて部屋を出た。

「馴れましたようで、峰近さまも」

「一度でも時化を味わえば、船酔いは治まるということか。利助、今どの辺りの沖となる」

「奥州仙台を過ぎましたから、半分ほどでしょう」

「もう七日間、このままと申すか」

目方が二貫《にかん》も減った気がして、頬をなでた。

「そろそろ飯を召し上がりませんと、蝦夷の地に上がったとたん寝付きますぜ」

「左様か」

寒風が吹きすさび、体が冷えてくるのが分かったが、紺碧の空が清々《すがすが》しく映っていた。

「部屋に戻ったほうが、おためです」

「雪は降らぬのか」

「たまたま、今だけのこと、海の上じゃ積もった雪は見えませんが、吹雪いたら目も開けられませんです。陸じゃ、一尺以上もあるのが見えました」

仙台の辺りを通過したとき、船から眺められたという。

食事の仕度が調ったと、おふじが声を掛けたのに応えて、香四郎は下へ降りた。

「お召し上がりくださいますと、馴れたかどうか分かります」

「試してみよう」

揺れる中、目がまわることなく味噌汁椀を見ることができた。汁椀を手に取って船の揺れに合わせられ、自信が生まれた。

「うむ。美味《うま》いな……」

空腹なこともあり、お代わりを言いつけるほどとなった。

「大丈夫でございますね、もう」

「だとよいが、油断はできぬ」

久しぶりに笑えた。

飯はおふじが握ったもので、梅干が入っていた。むさぼるように三つ平らげると、力が湧いてきた。

このとき、ようやく妻女を想った。

船酔いの最中はひたすら、信心もしていない神仏に縋《すが》ろうとし、おいまの顔はうかんだものの直《じき》に阿弥陀仏にすり変わっていた。

幕府の大立者《おおだてもの》になると決めた香四郎だが、相も変わらず小粒なままだと顔を歪《ゆが》めた。

指に付いた飯粒を、唇で舐め取った。

四

江戸を出て半月、真っ白に広がる丘が迫っていた。

「あれが、蝦夷厚岸《あつけし》の丘でございます」

船頭の利助が近づいてくる陸《おか》を指さし、あと一刻《いっとき》ほどで着岸できると笑顔を見せた。

「内海《うちうみ》になってますので、もう荒れることはありません」

「…………」

香四郎はことばを失った。

あまりに大きな空と、果てしなく広がる陸地の雄大さにである。

「ここも六十余州の内か」

「へい」

利助の返事に余計なことばが含まれていないことで、そのことを端的にあらわしていた。

水夫《かこ》たちも停泊の仕度に余念がない中で、チラチラと白い陸を見つめている。

おふじだけが呆然《ぼうぜん》と、それでいてキラキラとした眼を向けつづけていた。

「酷寒にして、最果ての未開の地だ。おふじ」

「いいえ。極楽往生の地でございます」

「西方浄土のようなことを申すな」

「わたくしには、死地となるのです……」

「馬鹿を申せ。おふじを江戸に連れ帰るのも、わたしの役目」

香四郎の励ましに、女中頭《がしら》をしていた年寄りは、小さく笑うだけだった。

「あ、あっ」

素《す》っ頓狂《とんきよう》な声が背ごしに立ち、なにごとかと見まわした。

「――――」

ふり返ってみた誰もが、色を失った。

巨大な黒い船は、見紛《みまご》うことない異国船である。

目と鼻の先と思える近くで、とてつもなく巨《おお》きかった。音もなく近づいていたのだ。

異人の髭だらけの顔ばかり、いくつも見えた。

「オロシャのようです。が、軍船ではない」

利助が、落ち着いた物言いで一同を安心させようとした。しかし、水夫のひとりは懐《ふところ》から匕首《あいくち》のような物を出して、見構えた。

その水夫の手を押えた船頭は、無用な争いは騒動の種になると諭《さと》した。

「けんど、奴ら笑ってますぜ」

「異人の笑いは、蔑《さげす》んでのものとはちがう。仲良くありたいとの、挨拶だ」

「…………」

納得できないようだが、言われるままに水夫は刃物を仕舞った。

香四郎は異国船から目が離せず、ただただ圧倒されていた。

砲門は一つもなく、乗っている者たちの身なりが見すぼらしいのと、網のようなものが見えたことで、香四郎にも漁船と知れた。

それにしても巨きい上に、黒い煙を吐く船は異様だった。

「漁師までが、黒船にて遠出をする……」

「へい。異国はそこのところでは、進んでおるようでございます」

「船に限るまい。砲においても、であろう」

「確かに」

利助の返事は強く、争っても勝ち目はないと言っているようだった。

黒い煙を吐きながら、オロシャの漁船はぐんぐんと近づいていた。

ひとり一人の顔が判別できるほどになり、笑顔が友好を示しているのが分かった。

が、香四郎も利助も水夫も、一人として笑い返せないでいた。

「あは、あっはは」

信じられないことに、おふじが笑いながら船べりに身を乗り出し、首に巻いていた手拭を外すと、振りはじめた。

「止《よ》さぬか、おふじ。向こうは喧嘩を仕掛けたと思うぞ」

「女のわたくしが争おうとしているなんて、あちらさんは考えませんでございますよ」

おふじの言うとおりで、オロシャの黒船からも布きれを同じように振る者があらわれた。

目を瞠《みは》るまもなく、黒船は手の届くほどのところまで来ると、大きな物が投げ込まれてきた。

ドシャッと音がして、香四郎たちは身を伏せた。

「――――」

甲板の上で、それは飛び跳ねていた。

「鱈《たら》です。生きてまさぁ」

ピチピチと跳ねまわる魚を、オロシャの嫌がらせと思う者はいなかった。

「食べてみろと、くれたようですね」

波を蹴たてた黒船はとうに先へ走り去っていた。

「お女中さんへ贈り物ってところでしょう」

船頭のひと言が、おふじを喜ばせた。

「陸へ上がりましたら、久しぶりにお刺身がいただけますよ」

水夫たちが笑顔になった。


幕府の弁才船《べざいせん》が見張台から見えたことで、厚岸の館《やかた》にいる幕臣たちが迎えに出てきた。

入江でありながら、艀《はしけ》に乗ることなく桟橋《さんばし》が突き出ている。幅広の板が渡され、香四郎は半月ぶりに陸地を踏んだ。

「ご苦労さまでございました。海防御用掛の、峰近さまでございますな。拙者、当地の頭《かしら》を仰《おお》せつかっておる山野金太夫《きんだゆう》と申す幕臣にございます」

意気込みの強さだけを見せた小役人は、どう見ても働き者には思えなかった。

「左様か。しばらくは、そなたの指南にて蝦夷のあれこれを学ぶことになる。頼みおくぞ」

「承知いたしました。まずは見張小屋にて、暖をおとり下さいませ」

火見櫓《ひのみやぐら》ほどの見張台の下、丸太を組んだ丈夫な小屋が石段を上りきったところに造られていた。

周囲はどこも雪に埋もれ、白一色の銀世界である。

美しいと言いたいところだが、香四郎は尋常ではない寒さのほうが身にこたえてきた。

石段を上りながら周囲を見渡すと小さな台場が見え、金太夫に訊《たず》ねた。

「この地にも、台場は必要であったか」

「はい。黒船の侵略に備え、二年前にできましてございます。砲一門では心もとないと思い、極太の丸太に色を付けて並べよと命じました次第」

「芝居の大道具もどきで、脅せると思うか」

「沖にある黒船からは、本物かどうかの判別はできないものと思います」

金太夫は痩せぎすの胸を張った。

「馬鹿な。異人の手にする遠眼鏡は、よく見える精緻《せいち》な作りになっておる。そればかりか砲門をいくつも並べては、戦《いく》さも辞さぬと見せているようなものではないか」

「…………」

海防掛が赴任したからには、金太夫にとって上役《うわやく》となり、反駁《はんばく》しづらいのだ。

折角の名案なのにと、ふてくされた目をした。

小屋の中央に、大きな炉が設《しつら》えてあった。

見たこともない大きさの囲炉裏《いろり》で、暖をとるだけでなく、片側は煮炊き用にもなっていた。その端には串刺しの魚が、匂いを立てて並んでいる。

「ここに暮らすことになるか」

「峰近さまには蝦夷三官寺《さんかんじ》の一つ、国泰寺《こくたいじ》を宿舎にと申しつけられております」

三官寺とは四十年ばかり前、オロシャが切支丹《きりしたん》を布教するのではとの危惧から、蝦夷の三ヶ所に寺を建立し、現地のアイヌ人へ仏教普及を担うものだった。

半里ほど離れた林の中にあるので、異人には見つけられませんと金太夫は口元に笑いを見せていた。

これで前線の幕臣かと、香四郎は眉を寄せた。

らなかった。

攘夷を言い立てる連中と大差ないのは、異国をかなり侮《あなど》っていたからにほかな

「腰抜けの、臆病者である。わが侍魂を前にいたせば、尻尾をまいて逃げてゆく

にちがいない」

水戸藩士が口にする物言いだが、砲術を学んだ者はみな「紅毛異人を知らなすぎる」と困り顔をしたものである。

が、こうして海防掛みずからが乗り込んできたのである。北方警固にあたる幕臣たちの考えを改めてゆかねばと、香四郎は決意した。

「峰近さま。まずは宿舎となる寺へ、ご案内いたします」

「いや。この上にある見張台に上がり、周辺を確かめてみたい」

「風が強いだけでなく、やがて日が暮れますゆえ明日でよろしいかと――」

「わたしは物見遊山に参ったのではない。今にも黒船が近づいているかもしれず、御役をまっとう致す」

「はいっ」

返事の大きい割には、金太夫の顔に不快がうかんでいるのが分かった。

異人の対応より、身内の懐柔《かいじゅう》のほうが厄介かと、香四郎は顔を曇らせた。

江戸市中の火見櫓より頑丈で、とても高いところにある気になるものだった。
四方をまさに睥睨《へいげい》できる場に立つと、怖さもあったが蝦夷の大地を統《す》べている
ような心もちにもなってきた。
なぜだろうと思い返すと、船酔いが治まって舳先《へさき》に立ったときの心もちに近い
ことに気づいた。
幕府御用船を操っているような、尊大な気分が大海原を前に生まれてきたのだ
った。
ここの見張台からも北の大海原を見渡せるが、眼下は大地である。
蝦夷という巨大な船を、香四郎は動かしたくなった。
どこへと問われても答えられないが、平安な地へ向かわせたい。新参の旗本の、
不遜な望みと言われたなら、そのとおりだろう。
寒風が顔にあたる。霙《みぞれ》が、高慢な旗本を揶揄《からか》いはじめたのだ。足を踏んばった
香四郎は、負けるものかと意地を張った。
金太夫が迷惑そうに、下りませんかと尻込んだ。
「暗くなるまで、見ていたい」

「しかし霙となり、遠くどころか、足下も見えなくなっております」

理屈で負けた香四郎は、黙って従った。

小屋の炉は、やはり有難い。芯まで冷えた体が、指先からほぐれてゆくのが分かる。

やがて下僕と思《おぼ》しき者があらわれ、香四郎の荷はすべて寺へ運び終えたと言ってきた。

三十前後だろうか、毛深い男でオドオドしている。金太夫とは対照を見せる肉づきのよい体で、背が丸まって見えた。

金太夫が叱っている様子は、顔で知れた。男は這いつくばるようにして、出ていった。

ふり返った金太夫は、こけている頬に皺《しわ》を寄せながら、香四郎を見つめてきた。

「今の者が、海防御用掛の峰近さまは女を連れてきたと申しておりましたが、まことでございますか」

「そのとおり。繕《つくろ》いものなど、女手も要ると考えた上である」

「蝦夷赴任の地に、女は厳禁とされておるのをご存じありませんでしたか」

「なにゆえ女はいけないと申す」

「風紀が、乱れます」

「ふうきとは男と女の、あれのことか」

「はい。拙者も三十になりますが、いまだ独り身です」

「左様なれば、乱れるがよい」

「………」

独身の三十男であるからと、遠国《おんごく》への赴任を名乗り出た冷飯食《ひやめしく》いだったにちがいない。そうでもしない限り、文武に劣る者に御役は就かないのだ。

「目を丸くすることはあるまい。わたしが連れて参った従者は、まもなく還暦の婆《ばあ》さんだ」

「ば、婆さんでございましたか。今ここへ参った下僕は当地の者で、ことばが十分ではありません。ただ女が来たと、申したのです」

江戸を出る折、蝦夷には別のことばがあり、仏教同様ことばも教導するようにしていると聞いていた。

宿とされた寺まで、香四郎は先刻の下僕ともう一人が担ぐ駕籠《かご》の中の人となった。

立派な力士ほどの体だが、大人しい男のようである。

かつては幕府の役人と争った者たちだったが、今やすっかり牙を抜かれているとも教えられた。

教えてくれた者は、隷属《れいぞく》ということばを使った。奴婢《ぬひ》と思えとも言ってきた。

米はほとんど穫れず、麦や黍《きび》などが主だという。

「ところが、滋養は十分。というのも、夏は鱒《ます》、秋は鮭《さけ》。どちらも難なく獲れて、大きいそうだ。また兎《うさぎ》も食べるとか」

野蛮なところだと、付け加えた。

厚岸は、松前藩の支配地となっている。

アイヌと呼ぶ当地の者と、和人《シャモ》と呼ばれる香四郎たち内地の者が交易をする中継地とされていた。

が、今や異国が侵略してきそうな地として、番所の役目を担ってしまった。

香四郎が眺める限り、とても黒船を相手に戦えるとは思えない様子を見せていた。

六十余州全図を見たが、蝦夷は九州と四国を併せた以上の広さである。ここを異国に占められてしまえば、対岸の南部や津軽はすぐそことなろう。

「迂闊《うかつ》な真似は、慎まねば」

声にだしたとき、香四郎は到着を知らされた。

大きくはないが、国泰寺の表門には葵の紋が刻まれている。しかし、白壁はところどころ剝《は》げ落ち、瓦もいくつかずり落ちていた。

出迎えたのは、おふじだった。

「なんだ、その恰好」

六十女は獣の皮らしい物を羽織り、大きな藁沓《わらぐつ》を履いていた。

「温かいなんてものじゃございません。熊の毛皮に、その皮を中に敷いた藁沓。とても雪の中にいるとは思えませんです」

駕籠を出た香四郎は、担いでいた二人も同じ恰好であると知った。

先刻の金太夫らは幕府の威厳を保つためか、紋付羽織に草履《ぞうり》だったのを思い出した。

「名より実を取るほうが、ここでは暮らしやすいようだな」

「ええ。郷に入らば、郷に従えでございますよ」

おふじは、こんなに温かいと言いながら、熊皮の半纏《はんてん》のような物を香四郎の肩に着せかけてきた。

「申すとおりだ。吹雪の中でも、苦にならないようである」

笑った香四郎に、駕籠を担いできた下僕は首をふった。

「フブキの中、いけませんです」

「承知した。今日から、おまえの言うことに従おう」

寺の中に入ったが、住職が去年他界したまま次は来ていなかった。

小坊主が仏事をしているらしく、かえって細かなところまで行き届いている気がした。

幕府が送り込もうとする誰もが、蝦夷地へくることを嫌った。とりわけ酷寒の冬にやって来た旗本は、異例なことのようだ。それだけに、幕府は北の地に脅威を感じているのだろう。

霙が吹雪となり、表玄関の扉を叩きはじめた。

おふじは下僕に助けられながら、峰近家の荷ほどきをしている。寺もまた、炉が切ってあった。

身分の分け隔てをしない女中頭だった年寄りは、アイヌの下僕に話し掛けた。

「首のところに、きれいな絵があるのねぇ」

自分の首に指をあて、男の彫物《ほりもの》を面白そうに、それでいて馬鹿にしない口ぶりと顔で訊ねていた。

下僕は堂々と半裸になって見せ、刺青《いれずみ》を晒《さら》した。

「殿さま、ご覧なさいまし。火消が刺しているような煌《きら》びやかなのとはちがいますけど、墨が多く立派じゃありませんか」

褒めれば、嬉しくなるのは人の常である。下僕は土間に置いてあった魚を串に刺し、囲炉裏に並べていった。

おふじは端から塩をふり、薪《まき》をつぎ足した。

名をアンラ。川漁師の子だと言った下僕は、おふじを母のようだと照れているようだった。

「よかったではないか。おまえ、所帯を持ってやれ」

香四郎の軽口は、通じなかった。

素知らぬ顔のおふじだったが、炉灰《ろばい》を握って投げてきた。

妙なところが潔癖なことに、香四郎はまたも女の気持ちが分からなくなったのである。

――どこが役者なものか。舞台が蝦夷に移っても、おれは大根のままか……。

相手役を読めない限り、いつまでたっても認めてもらえないかと、灰をふり落すこともなく上を見上げた。

寺の板天井は安物で、ここにも幕府が銭《かね》を惜しんでいるのが分かった。場末の芝居小屋が、香四郎の舞台なのだ。

「が、わたしは座頭《ざがしら》であろう……」

芝居のすべてを仕切る座頭だと思えると、ようやく掛けられた灰を落とすことができた。

それとなく見得を切り、気にもならないと払って見せる。怪訝《けげん》な顔をしたおふじを睨むこともなく、やってのけた。

なんとかやって行けそうだと、香四郎は北叟笑《ほくそえ》んだ。

外は吹雪いているが、内は穏やかとなった。

〈五〉蝦夷《えぞ》に死す

一

「おふじ。おまえは毎朝、土地の村へなにをしに行っておるのだ」

朝を迎えて顔を洗った香四郎《こうしろう》は、用人同様となった女中おふじが差し出す手拭で顔を拭きながら、興味ぶかげに訊《たず》ねた。

「知らないところでは、まず高い所に上り、次に市《いち》を訪ねろと言うではありませんか」

「なるほど。わたしは初日、見張台に上がった。すると、おまえは市に通っておるのか」

「残念ですが、ここ厚岸村《あつけしむら》は三年前、地震《なゐ》と大津波に襲われ、ほとんど呑み込まれたので、村びとの多くは離れていったそうでございます」

「聞いてはおるが、市が開けぬほど寂《さび》れてしまったか……。となると、おふじはどこへ」

「ご馳走はないかと、村の子どものところに」

「子ではなく、女房であろう」

「いいえ。子どものほうが、遠慮せず話してくれますのです」

北蝦夷の番所でもある厚岸の見張小屋には、毎日のように魚や青物が届けられている。

土地のアイヌとの取り決めだったようで、代価は払われていたが、おふじはいつも同じものばかりと文句を言いはじめたのだ。

「寒い冬なれば、仕方あるまい」

「そんなことはありませんでした。お役人さまたちは嫌われているから、適当にあしらわれていたのです」

村の者がどんな食事をしているか、確かめに行ったのがはじまりという。

「けど、アイヌの女たちはわたくしを見ると、隠れてしまうんです。代わりに目をつけたのが子どもでした」

飴玉ひとつで色々なことを教えてくれる上に、仲良くなりつつもありますと笑った。

「ことばが、通じるのか」

「そんなもの、どうにでもなりますです」

幕府は仏教だけでなく、ことばも憶えるように指導していた。

それゆえ館で雇っている下僕は、片言《かたこと》でも香四郎らのことばが通じる者ばかりだった。

江戸や松前藩から送られてきた役人とちがい、おふじは思いついたままを行動に移しているようだ。

見てほしいものがありますと、おふじは香四郎を庫裏《くり》の片隅へ引っぱっていった。

雪を詰めた小さな甕《かめ》の蓋を開け、中に納めてある赤黒い塊《かたまり》を見せた。

「なんだ、それは」

「肉でございますよ、兎《うさぎ》の」

「獣《けもの》――」

「おどろくものではございませんでしょう。江戸にだって、ももんじ屋の名で猪《いのしし》を食べさせる店が、いくつも」

「冷飯食《ひやめしく》いの身であったゆえ、食べたことがない……」

「では今夜にも、お出ししましょう。体の内から温まるものですよ」

毒でないばかりか、薬の役目もあると聞いてはいたが、香四郎が蝦夷の地で食べるとは思いもしなかったという顔をしたことに、おふじは応えてくれるようだ。

兎の肉だけでなく料理の仕方まで教わったと笑って、朝餉《あさげ》の支度に掛かりはじめた。

オロシャの漁船が近づいたときも、おふじだけ怖気《おじけ》づくことなく挨拶ができたのを思い出した。

――おふじこそ、侍だ。

今でこそ蝦夷は天領であり、ここ厚岸は松前藩の支配にあるが、かつては異国であった。

たまたま押え込めたことで制したつもりになっているが、土地の者たちに信頼されていない幕府役人なのである。

ところが婆《ばあ》さん女中は難なく入り込み、信を得ているのだ。

香四郎はおふじと同じ真似をする自信がないばかりか、あらわれるであろう黒船に乗っているのは男ばかりのはずと、幕府の海岸防禦御用掛《ぼうぎょよごようがかり》はどこから手をつけてゆくかも分からないまま頭を抱え込んだ。

――手足として使っているアイヌの下僕もまた、われら役人を信じていないだろう。つまり、正しい報せを伝えてくれぬことになる……。

番所の役人が知らない場所に異人が上陸していることがあるだけでなく、内緒の交易がなされているかもしれないとも思えてきた。

が、少ない人数では、見張りつづけることさえ無理だった。

――おふじを先兵とし、突破口をつくれないものか……。

思いつきはよい。しかし、香四郎をはじめ館の役人が信用されていないのであれば、絵に描いた餅となるのは目に見えた。

冷飯食いだったと言うものの、所詮は旗本の倅《せがれ》。香四郎への信用は、身分によってつくられていたのである。

この地を制して百年ちかくになるにもかかわらず、進展がほとんどないことにも気づいた。

午《ひる》すぎ、小屋頭《がしら》の山野金太夫《きんだゆう》が頭を抱えている香四郎の心を読んだように、思いつきですがと、アイヌ懐柔《かいじゅう》の工夫を笑いながら口の端《は》にのせてきた。

「知恵が足りないとまでは申しませんですが、やつらは朴訥《ぼくとつ》であります。配下の者と話し、これは名案と思いました次第……」

配下とは松前藩士だが、ご多分に洩《も》れず出来のよろしくないのばかりが揃っていた。

「峰近《みねちか》さまもご存じでしょうが、中間《ちゅうげん》とか小者《こもの》と呼ぶ武家奉公をする連中は、暇さえあれば酒か博打《ばくち》を好みます。結果、酒を断てない者や、借銭《しゃくせん》をしてまで打ちつづける者が出て、お払い箱。これを逆手に取るのです」

「どう致すつもりだ」

香四郎は聞いたとたん、感心できそうにない話だろうと、眉をひそめた。

「酒は内地から麴《こうじ》を持ち込んで、奨励しはじめたばかり。博打は、賽《さい》を彫らせます」

「アイヌを、骨抜きにすると申すか」

「はっ。まちがいなく、言うがままになります」

パシャ。

香四郎は冷めた湯呑の茶を、金太夫の顔に浴びせた。

「――――」

「先年の阿片《あへん》騒動が、戦《いく》さになったのを知らぬわけではなかろう」

「存じております。それゆえアイヌどもを掌握するには、お誂《あつら》え向きだと思いました……」

「エゲレスは清国を屈服させたことで、言うがままとなったと申すか」

「ちがいますでしょうか」

ガチャン。

香四郎は空の湯呑を、壁に叩きつけた。

金太夫は怒られた意味が分からず、オロオロするばかりだった。

「屈服させれば、逆に恨みが芽生えると思わぬか」

「…………」

「酒造りと賽を彫ること、わたしのおる限り許さぬと心得よ」

こんな役人ばかりだったことで、蝦夷地は開化されず、友好な関係も結べなかったのだろう。

腹立たしいより情けなさが先に立ち、香四郎は外に出た。

宿舎は寺だが、それらしい境内にはなっていなかった。なんとなく内地の庭らしくできてはいるものの、寒冷な蝦夷は草花が乏《とぼ》しいようだ。ましてや冬の今、雪に蓋《おお》われていれば尚さらだった。

「未開の地……」

人はなにをもって開明とし、幸せであると決めるのだろう。おのれの生い立ちも含め、確かに運不運はある。しかし、時とともに移り変わるのは、香四郎の今を見れば分かったし、またいつかどん底に落とされる覚悟もしておかねばなるまい。

雪の中から顔を出している踏石《ふみいし》の上に立ち、儒学だか仏法の教えのようなことを考えた。

「寺にいるゆえか、抹香くさい男になってしまったようだ」

自嘲ぎみに笑うと、小さな娘を目の端に捉えた。

土地の子どもだろう。独特な模様の着物に、丈の長い藁沓《わらぐつ》。濃いめの眉が、江戸に残した妻女おいまを思い起こさせた。

手にしているのは花か、そこだけ鮮やかな赤色を見せていた。

香四郎がいたと知って立ち止まり、踵《きびす》を返そうとしている。

「これこれ、帰らずともよい。そなたは、おふじに会いたいのであろう」

小娘というと吉原の禿《かむろ》を思い出し、苦手なものの一つだった。どう相手をしてよいか分からない香四郎となって、委縮する癖が出てきそうになる。

ちょっとした睨みあいとなって、動けなくなった。

笑ってみた。顔が上手く作れないと、効果は逆を見た。

足早にスタスタと逃げられてしまい、友好な関係を結べない愚かな自分を知った。

「わたしも、山野金太夫と大差ない……」

庫裏から手を拭きながら、おふじが出てきた。眉を寄せる香四郎を見て、魚を釣り逃した顔ですねと笑った。

「なにもかも、おふじどのに見透《みす》かされているようだ。笑ってくれ、情けない侍を」

「子どもでしたか、あらわれたのは」

「うむ。十に届かぬ娘であった。赤い花を手に」

「江戸の冬にも、寒椿《かんつばき》がございます」

「その花の名をと思って――」

「睨んだんでしょうか、お殿さま」

「いいや。微笑《ほほえ》んだつもりだったが、かえって恐がらせたようだ」

「見て参ります」

おふじは前掛けをしたまま、迷い子を探す母親のように出て行った。

村の懐柔《かいじゅう》に女は使えそうだが、幕府が蝦夷地に女を送り込むはずなどあり得ないと、空を見上げた。

相変わらず重い雲が垂れ込めているが、一つところだけ青い空がポッカリと顔を出していた。

二

着任以来、黒船の一艘《いっそう》もあらわれず、香四郎は蝦夷地とアイヌを知ることに専念できた。

馬が手に入り、雪の中を遠くまで行けるようになった。

行けども行けども、白い荒野はどこまでもつづいているようだったが、英気が養われそうだと広い心に満たされてきた。

兎《うさぎ》を食べたときも、それを感じた。味噌で煮込んだ肉は臭みがなく、温まるばかりか力が湧いてくるようだった。

白樺という木の皮が兎の好物と知ったのは、罠を仕掛けたところに子どもを見つけたとき教えられた。

アイヌの男児で、前の晩に掛かったらしい兎を取り出していた。

石ほどに凍った兎は、火の上に置いた棚の上で戻したあと皮を剝《は》ぐのだと、身ぶりで話してもらった。

剝いだ皮がこれだと、羽織っていた毛皮が何匹もの兎からできていると見せてきた。

やがて男児に連れられ、村の家を見るときがあった。

屋根は葦《あし》か笹、あるいは樹皮で覆われていた。家の中には大きな炉が切ってあり、香四郎の宿舎より暖が取れるように造られていることにおどろいた。

そして決まって、家の外に高床の倉があった。食べ物を貯蔵するためで、頑丈そうにできていた。

が、髭《ひげ》の濃い鍾馗像《しょうきぞう》を見るような大人たちは怪訝《けげん》な目を香四郎に向け、ことば一つ交わそうとしなかった。

春を迎え、雪が解けはじめた。

厚岸の館にとって幸いなことに、黒船は沖合にもあらわれなかった。

暗い夜なかに通ったかもしれないが、燈台らしきものもない。報告さえできないのである。

もっとも、沿岸ちかくにあらわれたとしても、三百石の船さえ常駐していないのであれば、江戸城へ伝えられるのはかなり先のことになってしまう。

幕府としても、そんな報告は期待していなかった。海防掛の香四郎を送り込んだのは、一にも二にも異人との直接対応のためなのだ。

香四郎には、その心構えができていないどころか、大いに迷っていた。

突然、上陸してきたならどうしようと悩んだ。北方のオロシャとは限らない。長崎出島に出入りできるオランダの船が来たことのある厚岸でもあるからだった。

松前藩からオロシャ語を学んだ通詞が来てはいたが、オランダ語は分からないという。

その前に軍船から砲を見舞われたらと思いはじめると、交渉の席にも就けないにちがいないと思った。

厚岸にある台場の砲門は、弾丸《たま》を無駄にするなとの達しで、一発も放ったことのない代物《しろもの》となっている。

「殿さま。こんなお魚が」

おふじが笑ってやって来た。

「川魚だな」

「はい。春になると、いくらでも獲れるそうです。石斑魚《うぐい》ですって」

笊《ざる》に大きな五匹が盛られ、おふじは重そうに抱えて見せた。

「土地の者が、釣って来たのか」

「内地では延縄《はえなわ》というようですが、一本の縄に鉤《はり》をいくつも下げる獲り方」

「シャモと同じ漁法か」

香四郎のひと言に、おふじが笑った。シャモとはアイヌが言う和人、すなわち内地の者を指すが、香四郎が使い馴れてきたからである。

春一番の馳走が石斑魚で、一斉に川を遡上《そじょう》してくるとの話をされると、異人の上陸に想いを至らせてしまった。

「お汁《つゆ》に叩いた石斑魚を入れるのが、こちらの食べ方と聞きました。今夜は、そうしてみます」

宿舎の国泰寺《こくたいじ》で、おふじだけが元気に見えた。

香四郎はもとより、山野金太夫は酒と博打《ばくち》の仕掛けを叱責されて以来大人しくなったまま。となれば、手下とされる松前藩士らも同様だった。

そういえばと、香四郎は半年ほど前に松前藩江戸屋敷が、蝦夷を舞台にした抜け荷で挙げられたのを思い出した。

江戸詰の松前藩士は有能さを見せ、抜け荷による藩主への処罰を回避すべく、幕府への運上金納付を呑んだ。

が、ここへ送られる藩士は、牙《きば》を抜かれた者ばかりだった。

一方おふじのみ若やぎ、初々《ういうい》しさまで漂いはじめたのにはおどろかされた。

縹緻《きりよう》がわるく、黒い牛のようだった体つきが細くなったことで、女らしくなっていたのである。

「おふじ、村に情夫《いろ》でもできたか」

「さて、どんなものでしょう」

今までなら濡れ雑巾が飛んでくるものだったが、おふじに軽くいなされたのが不思議に思えた。

相変わらず黒船到来のない中、北方の地にも雲雀《ひばり》は鳴き菫《すみれ》が咲いた。

もう床に入っても、寒くなかった。すると、おいまの顔と体が香四郎の脳裏に甦《よみがえ》ってきた。

春の匂いだった。

夏が近づくと、山野金太夫たちが明るさを見せはじめた。役人の異動は夏なのだ。

「もう交替のときだろう」

松前藩士らも同じ思いで、御用船が内海に入ってくるのを待っていた。

〝厚岸警固の任を解く〟

この示達《したつ》を、喉から手が出るほど待ち望んでいたのである。

異動がないと、もう一年を過ごさなければならなかった。

「峰近さまに、お話が」

金太夫が深刻そうに香四郎の部屋へやって来たのは、朝餉《あさげ》のあとだった。

「辛そうに見えるが、もう一年いなければならぬとの知らせが来たか」

「いいえ。多分わたくしは江戸に戻れると思うのですが、賄い方《まかなかた》のおふじさんのことで……」

声をひそめた金太夫は、大仰《おおぎょう》に顔をしかめた。

「おふじが、どうしたと申す」

「当地へ来た数日後からですが、今ではアイヌの村へ毎日のように通っております」

「知っておる。女ながら郷に入らば郷にと、土地に馴れ、今では人気者のようだ」

「そこでございます。アイヌの男も女も、おふじさんにのみ、それも内緒話をしておるのです」

「山野は、なぜ加わろうとせぬのか」

「加われと仰《おお》せですか」

「うむ」

「おことばを返すようですが、わたくしも松前藩士もみな、村の連中と近づきすぎてはならぬと命じられております」

「なにゆえか」

「抜け荷への加担、ならびに異人との内通を疑われます」

「…………」

信じ難かった。津波に襲われた痩せ細った村が抜け荷をしているなど、香四郎はことばが返せなかった。

――幕府までが事なかれとなっている。

いや、老中首座をはじめ、逃げ腰のはずはない。ということは、下級役人が勝手に決めたのだ。

民百姓を思うことなどなく、おのれの保身が大事とは、言い古された役人の癖となっていた。

しかし、異国が迫りつつある今、見ざる聞かざるが許されていいはずはなかった。

香四郎はまだ、黒船と出遭っていない。沖で接近したのは、オロシャの漁船なのである。海防掛として具申できることは、まともな役人を送り込むべしだけだった。

春も終わりに近づき、宿舎となる寺の庭にも緑がふえていた。

「こんにちわ」

子どもの声がして、香四郎は枝折戸《しおりど》の向こうに小さな人影を見つけた。

「誰である」

「おっしょさんは……」

アイヌの娘で、まだ十一、二くらいだろう。蝦夷地独特の衽《おくみ》のない着物が、愛らしく似合っている。

「和尚《おしょう》なれば、この寺にはおらぬ」

小さな娘が首をふりながら周りを見まわしていると、おふじが出てきた。

「あれ、ウヌちゃんではないか。今日はお休みにすると、言ってませんでしたかね」

「いけない。じゃ、明日」

子どもは逃げるように帰ってしまった。

「おふじ。今のは村の子であろう。休みとか申しておったが、約束があるのか」

「はい。恥ずかしい話でございますが、わたくし村に参り、寺子屋の真似ごとを少々」

「それは凄い。今の娘が申したのは、和尚ではなく、師匠であったのか」

「師匠だなんて、そんな偉くはございませんです。子どものうちから和人《シャモ》のことばを少し分かってもらうのと、読み書き算盤もって。一日置きに通ってます」

「ありきたりな女中とは思わなかったが、頭が下がる思いぞ」

「大袈裟《おおげさ》な。なにも、アイヌことばを止《や》めろなんて言いはしません。お役人のお達しが読めて、挨拶の仕方をおぼえるだけで、お付きあいがしやすくなるではありませんか」

　金太夫たち役人に聞かせたい話は、香四郎の背すじが伸びたほどである。

　香四郎は疑わなかったが、おふじが毎日のようにアイヌの村を訪れていたのは、寺子屋の女師匠としてだったのだ。

「なるほど子どもなれば、素直になってくれるか」

「ええ、とっても」

「今ひとつ、訊きたかったことがある。わたしの供として、なにゆえ男を押し退《の》けて、おまえは名乗り出たのだ」

「押し退けただなんて、人聞きのわるい。いえね、政次《まさじ》さんも熊十《くまじゅう》さんも若いお人です。一方、わたくしは峰近家の年長者、先は知れてます」

「おふじが船中にて、往生の地と申したのは忘れもせぬが、老後は悠々自適とすごすのが幸せであろう」

「人さまのお役に立ってこそ、幸せでございますよ。ましてや子も孫もいない婆《ばあ》さんなんぞ、邪魔なだけ」

「それにしても用人おかねが、よく許したものだ」

「はじめは六十にもなる女が、酷寒の地では無理と笑われましたです。でも、子ども相手の寺子屋をと申しましたら、ふたつ返事で」

「おかねも、おふじも賢いな」

「賢いだなんて、褒めすぎでございますよ」

やりかけの針仕事があると、おふじは庫裏《くり》に戻ろうとした。

「待て。もう一つ訊きたい。最初どうやって、アイヌの子と接することができたのだ」

「針仕事です。小川に架かる橋の袂《たもと》で、針に糸を通そうと……」

老いた婆さんは老眼で、糸を針に通せないと困っている様子をして見せたところ、先刻の娘が糸を通してくれ、代わりに髪を結《ゆ》って上げたと笑った。

「芸が細かいのも、賢い証《あかし》だよ」

おふじは答えることなく、庫裏へ行ってしまった。

保身に走る小役人と比べるまでもない老女中の聡明ぶりに、香四郎は海防掛は自分ではなく、おふじかと空を見上げた。

ゆっくりと雲が動いているのが、世の中の流れを映していた。

二百年余の泰平というものの、硬直したままだったのではないか。

鎖国と称して切支丹《きりしたん》を受け入れず、長崎出島のみを窓口としつづけるあいだ、異国はとてつもない進歩をしているのかもしれなかった。

が、おふじの村での行為を見る限り、和人も捨てたものではないと考え直せたのも収穫だろう。

香四郎はほんの一年半前まで、こうした考えすら頭をよぎらないでいた。

知らぬまに国の中枢に関わる出世をしたことで、大所高所からものを見る目が備わったことになったようだ。

「いや、高飛車になっておっただけ……」

寺子屋の子どもたちが大人になったとき、厚岸にやってくる異国船はアイヌの村びとの手助けによって、乱暴を働かなくなるのではないか。

甘すぎると笑われるかと、香四郎は首をふった。

そこへ山野金太夫が目を輝して、香四郎の前にあらわれた。

「峰近さま。松前藩を通しての、朗報にございます」

「申してみよ」

「われら厚岸警固方《けごかた》一同、総入替えとなりました。異動は八月朔日《ついたち》。幕府御用船が参ります。松前藩も例年どおり半数が交替で、ようやく帰れると喜んでおりました」

「左様か」

香四郎が素っ気ない返事をすると、金太夫は破顔となって言い加えた。

「海防掛の峰近さまもまた、江戸帰参でございます」

「――――」

ここへ着任して、ようやく半年の香四郎である。信じ難い沙汰に思えた。

「当地も含め、蝦夷地への黒船出没は少なくなっております。おそらくは内地警固に重きを置くとの方針かと」

金太夫にとって理由などなんでもよく、江戸へ戻れることが嬉しいとしか見えなかった。

八月朔日といえば八朔《はっさく》、徳川家康が江戸入府をした日として、大名や旗本は白帷子《しろかたびら》を着用して登城する。

また官許の廓《くるわ》吉原でも、女たちがこぞって白小袖を着る日となっていた。

御用船の到着が遅れたとしても、八月十日には出航できると、金太夫は小躍りをしたいのを堪《こら》えながら、帰参の仕度をと出て行った。

――わたしは、なにをしにやって来たやら……。

が、まだ二ヶ月ほどある。功名を焦りはしないものの、幕府へ手土産の一つもと見張台へ上がることにした。

蝦夷の夏は、足早にすぎてゆく。

あと五日で八朔と、山野金太夫たちは浮かれていた。

香四郎は毎日のように見張台に立ったが、黒船はもちろん異国の漁船一艘すら目にできなかった。

働いていると言えたのは、寺子屋の師匠おふじだけである。

ところが江戸帰参の話は、おふじには無用となっていた。朗報として伝えたときだった――

「わたくし、ここに残ります」

「馬鹿な。おまえは峰近の女中頭《がしら》として、まだ働いてもらわなくてはならぬのだ」

「有難い仰せですが、村の方々が住まいを造って下さり、寺子屋をつづけてほしいと――」

「この季節なら良かろうが、冬の厳しさは身にしみたはず。還暦を迎えるおまえには、辛い」

「以前にも申しましたとおり、ここを往生の地としたのです。どうしても連れ帰ると仰せなら、わたくし舌を嚙み切ります」

「舌など、わけなく嚙み切れるものではない。いまだ自ら舌を嚙んで死んだ者は、聞いておらぬ」

「でございますなら、ここを出た御用船から海に飛び込み、岸まで泳ぎますです」

「泳げるのか、おふじ」

「さて、溺れるかもしれません。それでも本望と申し上げます」

真剣な目が、香四郎をたじろがせた。

どこまでもつづく海は濃い群青色を見せ、風が強く頰にあたった。

海はつながっているといわれても、香四郎に実感はない。ひたすら同じ方角に船を進めてゆけば、幾年月かのちには同じ場所に戻るという。

異国とつながるとは信じられない話だが、試してみたい気になってきた。

江戸に生まれ、武州に数回足を運んだにすぎない香四郎には、不思議と気持ちを大きくさせてくれる光景が海だった。

「この雄大な心もちが、峰近香四郎の手土産か」

自虐ではないぞと、眉を立てた。

夕暮に包まれていたが、見張台に立っているだけで西に沈んでゆく陽を独り占めにできた。

その温かい日輪が赤みを帯びてゆくのを見守りながら、これほど長いあいだ夕陽を眺めるのは久しぶりのことと思った。

子どもだった時分、火除地《ひよけち》の原っぱから見ていた夕陽に再会した気になってきた。

「お久しぶりでございます」

香四郎は挨拶をして、笑った。

三

八月となった。幕府御用船はあらわれず、山野金太夫は香四郎より長く見張台に立っていた。

「風向きがわるく遅れているのでありましょうが、まさか中止などということはないと……」

なってもよいと、答えたくなった香四郎である。

梯子《はしご》を上ってくる者がいた。

「峰近さま。おふじさんが、土地の者に背負われて――」

「どこに」

「宿舎の居間へ、蒲団を敷いて寝かせました」

下役の松前藩士が、おふじが倒れたと告げに来た。

国泰寺の一室に、おふじは寝かされていた。アイヌの男が言うには、村の外れで石につまずいて転んだとのことだった。

「お恥ずかしい限りで、足もとも覚束《おぼつか》なくなってしまいました」

苦笑いのおふじだが、改めて見ると相当やつれているのが見て取れた。

一緒について来た子どもは、いつぞやのウヌという娘だった。

香四郎を手招きで庫裏《くり》に呼び寄せ、小声で囁《ささや》いた。

片言《かたこと》ながら、言うことは分かった。アイヌの村に医者もどきがいて、おふじは重い病《やまい》にあると診立《みた》てたという。

癌《カク》の病に冒《おか》されていることが、香四郎をおどろかせた。

洒落《しゃれ》にもならない、不治の病のおふじだった。この二ヶ月で、牛のような体のおふじが瘠せてしまっていたのである。

気づかなかった香四郎ではないが、おふじは太っているのは良くないので食事を減らしていると言いつづけていたのだ。

これまた迂闊《うかつ》だった。

今さらだが、居間に戻って病人の具合をみた。

還暦まぢかの女が、七十すぎの老体を見せていた。

「おふじ。無理が祟《たた》ったか」

「なにを仰《おお》せです。お殿さまが、女中なんぞを見舞ってはなりません」

「女中ではなく、母であろう」

「まあ。いつぞや江戸の本所で、お殿さまが人事不省《じんじふせい》となられたとき、そういえば襁褓《おむつ》を」

「そうであったな。雨の中にいつづけたわたしは寝込んでしまい、おまえがずっと面倒をみてくれた……」

手を握った香四郎を見つめることなく、おふじは目を閉じた。

昔を省みるような顔、強く握り返してきた手、皺《しわ》の一つずつまでが香四郎が幼いときに死んだ母を想わせた。

「当分は、ゆるりと休め」

「そうは参りません。寺子屋の子どもたちが――」

「子どもとて、おまえの体を気にしておる。大事な師匠を、疲れさせてはならないと。ウヌとやら、そうであろう」

随《つ》いてきたアイヌの娘に同意を求めると、うなずいた。

香四郎が村へ向かうことにしたのは、おふじの寺子屋を見たかったからにほかならない。

ウヌという娘に導かれ、小高い丘を上っていった。

蝦夷厚岸に来て、およそ二百日。変化をしていたのは、新しい笹葺《ささぶ》きの小屋だけのようだ。寺子屋である。

莚《むしろ》を掛けただけの戸口から中に入ると、三人も並べる粗末《そまつ》な文机《ふづくえ》のようなものが七つも並んでいた。

「村の子みんな、揃います」

両手を揃えて頭を下げるウヌの様に、躾《しつけ》もされているようだと嬉しくなった。

戸口のところに大人の女が二人やってきて、ウヌになにか言っているのが見えた。

「なんと申しておるか教えてくれ」

「おっしょさんは、神さまです。わるい和人《シャモ》商人が誤魔化すのから助けてくれたし、ぬかづけを習いました」

「糠漬けを、おふじが」

これですと外にある甕《かめ》を指し、蓋を開けた。

訳すウヌのことばは、たどたどしいものだが、女たちが言っていることは分かった。

食べられそうにない根菜も大切なものと、おふじは糠に漬けてみせた。これが村の女房たちに信用を得、子どもたちを寺子屋へ向かわせたのだった。

同時に山で穫れた木の実や川の魚が、毎日のように寺へ届けられはじめたのである。

が、男たちは当初、和人の女師匠を頼りなく見ていた。

「わしらの子どもを、言いなりの奴婢《ぬひ》にするつもりだ……」

しかし、おふじが根雪の残る土の中に手を入れ、山菜を採る姿は誤解を払拭したという。

やがて笹葺きの小屋が建ち、文机が造られたのだ。

——先刻握ったおふじの手は、百姓女のそれであった……。

今さらながらの気づきに、香四郎は神とは本当だと思い直した。

香四郎は村の長《おさ》という見事な口髭の男に、頭を下げた。

とんでもないとの顔で、村の長は膝をつこうとした。止《よ》せと香四郎は首をふり、顔を向けあうと、ことばなど無用と知った。

おふじの献身は、村じゅうを虜《とりこ》にしていたことが知れてきた。

江戸へ帰府する段になっての、ようやくの交わりである。

香四郎が寺の宿舎に戻ると、おふじは鏡台を前に髪を高く結《ゆ》い上げていた。

「よいのか、起きて」

「汚ない姿では、阿弥陀さまに嫌われてしまいます」

「おふじも女だったか」

「はい」

鏡を見つめて髪を束ねる姿は、峰近家の女中頭おふじとは別人となっていた。

ほんの二日の後、風邪をこじらせたおふじは、呆気《あっけ》なく息を引き取った。

知らせはすぐにアイヌの村へ伝えられ、村びとのほとんどがあつまってきた。

おふじを納める棺は茣蓙《ござ》を編んだもので、寺の庭に置かれた。

「国泰寺の墓地へと思うが、それでよろしかろう」

香四郎の提案に、山野金太夫は顔をしかめた。

「ここ厚岸にて客死《かくし》したのは、武士だけでございます」

「女、それも町人などもってのほかと申すか」

「…………」

アイヌの村長《むらおさ》が進み出て、われわれの墓所にと怖《お》ず怖《お》ずと言ったところ、金太夫が賛成した。

「多分、いやきっとおふじもそれを望んでおるであろう。そう致せ」

話はまとまった。

小坊主だけの寺で、すべてがアイヌ式におこなわれた。見ている限り、心の込もった葬礼となった。

通夜らしいことはないものの、アイヌは眠ることなく茣蓙の棺の周りに居つづけた。

灯《あか》りにしている油皿から、ジリジリという音だけが夜の静寂《しじま》に響いていた。

陽が東に昇りはじめ、どこからともなく鳥の鳴き声が聞こえたことにおどろくと、大声が立った。

「ご、御用船が来たぞぉ」

遅れていた幕府の御用船が、香四郎たちを運ぶためにあらわれたのである。

山野金太夫は立ち上がって走りだし、葬斂《そうれん》の場からいなくなってしまった。

やがてアイヌは総出となって、おふじの棺のもとへやって来た。子どもはもちろん、杖《つえ》をつく年寄りまでが別れを惜しむことばを投げかけた。

おふじの手は胸元で合わせられ、あの世への旅立ちを待っていた。その手に、ウヌが赤い紐を結びつけた。

「赤い紐は、おまえたちの仕来《しきた》りか」

「おっしょさんが、綾《あや》とりを教えてくれました。その紐です」

読み書きだけではなく、遊びも教えていたのだろう。子どもたちは男女とも、赤い紐を手にしていた。

ひとりずつ、おふじの合わさった手に触れたり重ねたりして、別れの挨拶をしはじめた。

ウヌが手にしていた紐を、おふじの指に結んだ。入れ替わるように、次の子が紐と紐をつないだ。

次から次へと、子どもばかりか大人までが紐をつなぎ足し、長い長い一本の赤い紐ができ上がった。

それを手にする様は、念仏を唱えながら数珠を廻す地蔵盆を思わせた。しかし、念仏は唱されず、涙だけが伝わってゆくのが見えた。

棺は香四郎が使っていた馬が曳き、どこまでもつづく赤い紐が棺の後ろにつづいた。

香四郎は馬を曳きながら、おふじを見つめた。

「待っておりますよ、あの世で。ひと足先に行ってますからね」

そう言っているにちがいなかった。

「おふじ。立派であったぞ」

墓所となる丘の中腹で、ウヌたち娘は音のするほど大きな粒の涙を落としていた。

村びとの呪文《じゅもん》のような唄が、やさしく強く聞こえ、香四郎はおふじが成仏したことを知った。

ひとり丘を下りる香四郎は、幕府御用船が着岸するのを見た。

「わたしへの迎えは、地獄ほどの俗界か」

笑えなかった。

四

御用船は、来たときと同じ利助《りすけ》が船頭だった。

おふじの死を告げると、なんとも言いようのない顔をした。

「蝦夷行きなんぞ、あっしら二度とするかって船の中で決めたんです。けど、女のおふじさんが船の上で凍っちまった握り飯を美味《うま》そうに食っているのを見て、考え直しましたです」

「わたしは船酔いに苦しんだが、おふじは強かったな」

「えっ、ご存じありませんでしたか。峰近さまが苦しまれているとき、おふじさんは船べりで吐いては部屋に――」

「戻って、わたしの看病を……」

やはり母親だったかと、香四郎はようやく泣けてくるのが情けなくもあった。

水や食糧を積む仕度もあり、江戸への出航は翌日とされた。

「短い赴任となったようですが、今日一日がお名残《なご》りの蝦夷でございます」

「さて、どうであろうな。ふたたび行って参れと命じられる気もいたす」

香四郎なりの本心は、また来るのもいいと思わないでもなかった。

そうなったときは、下役の者まで吟味厳選をして着任したい。おいまを含めた峰近家ごと、ここで暮すつもりだ。

余計な気遣いも無用となれば、伸び伸びと働けるだろう。

あり得ない夢である。

蝦夷地での役目が異国対応である限り、常に身の危険にさらされることを覚悟しなければならなかった。

着任半年余で戻される理由は分からない。香四郎が失態したのではないなら、蝦夷以外の地に黒船が頻繁にあらわれているのかとも考えてみた。

「利助に訊《たず》ねるが、黒船出没の話は聞こえておるか」

「よくは教えてくれませんですが、船頭仲間の話じゃこの五月、フランスの軍船が琉球に来て、交易を迫ったそうです」

「幕府の対応は、またぞろ追い払えとなったか」

「いいえ。ご老中の伊勢守さまは薩摩の島津さまに、一任したと――」

「一任。となると、島津は交易を許されたとして、盛んにはじめる……」

思った以上の変革が、幕府にも起こっているのではないか。江戸に遠い蝦夷地など、どうでもよくなったかとの思いを至らせた。

「もっと凄いことがございましたようで、相州浦賀の目と鼻の先になる海上で、アメリカの軍船が水の深さを測っていたそうです」

「測っていたように、見えたと」

「とんでもねえ。はっきり測っているのを、仲間は見たって言ってます」

「――――」

浦賀は江戸湾の入口で、砲門を有す軍船が侵入して威嚇《いかく》の一発でも放てば、大騒動となるのは必至だった。

それが五発、十発となるかもしれない。となれば、わけなく江戸城は破壊され、江戸じゅうが火の海となるだろう。

清国の二ノ舞どころか、六十余州すべてが蹂躙《じゅうりん》され尽くされるに決まっていた。

――わたしは浦賀へ。

香四郎は次の任地になるかと、南の空の下を見やった。

その晩、蝦夷厚岸での夕餉《ゆうげ》は意外なことに、わびしいものとなった。寺子屋の師匠がいなくなればこうしたものかと、干物に梅干と薄い味噌椀をかっ込んだ。

山野金太夫も、松前藩士らも上機嫌で取って置きの酒を開けている。

「峰近さまは、下戸《げこ》でございました」

嬉しそうに言う金太夫は、早くも酔って赤くなっていた。

三年半も居つづけた幕臣は、浴びるほど呑みつづけ、二度と来るものかと吠えた。

「明日は六ツ半の出帆《しゅっぱん》。わたしは寝るが、山野、遅れるでないぞ」

「あ、あはは。ようやく帰れるのであります。乗り遅れなど、いたしませぬっ。そうだ、このまま御用船の中で……」

金太夫は思いついたとばかり、船中で呑みつづけさせてもらうと立ち上がった。

「勝手に致せ」

香四郎は寝所へ向かうと、着替えた。

「――――」

廊下の端に、人の気配をおぼえた。一瞬おふじの霊かとハッとした。

女がうずくまっていると分かり、誰何《すいか》すると、顔を上げた。

見知らぬ娘で、しきりに頭を下げてきた。

「ことばは分かるか」

「はい。おっしょさんに、習いました」

「別れの挨拶をと、参ったのか」

「いいえ」

娘は首をふったきり、口ごもった。

「土産をわたしに渡して参れと、託《ことづ》かってきたのであろう。入るがよい」

半年ばかりの寺子屋の師匠だったが、御礼をして別れとすることも教えていたのだろう。

部屋に入った娘は、着ていた物をモゾモゾとさせながら、なにかを出すように見えた。

「おねがいします」

ことばとともに差し出されたのは、土産の品物ではなく、娘本人だった。

裸になっていたのである。

「止《よ》せ。頂戴するわけに、ゆかぬ。人身御供《ひとみごくう》を弄《もてあそ》ぶ立場には、ない。帰れ」

「わたしをお気に召さないなら、ほかの子が――」

「そうではない。村からの礼であることは分かるし、気持ちはいただこう。しかし、同じ真似を、わが妻なり娘がするとなれば、わたしは止めさせる」

「……………」

「娘、おまえは綺麗だ。よい亭主と、末永く仲良く致せ」

香四郎はいつになく自分が快《こころよ》く笑えそうで、嬉しかった。

どうということもないのだが、香四郎はお道化《どけ》たくなり、踊るような仕種で片足を上げると、出てゆく娘の背に笑い掛けた。


翌朝、船は刻限どおり厚岸から出帆した。

雨となった。

が、蝦夷で死んだおふじの涙ではない。

船べりに立つ香四郎は、下世話な感傷と無縁となっていた。

長いあいだ鬱勃《うつぼつ》としたままの世の流れが、押さえきれない雨となってほとばしりはじめたのである。

新しい時節が、到来するにちがいなかった。

幕府も朝廷も民百姓までもが、それに気づいているのだ。

海辺から、山奥から、街道にも、町なかにまで、志《こころざし》を抱いた者たちがあらわれるだろう。

見上げた丘の上に、アイヌの村びとが並んでいた。

香四郎は手拭の端を持ち、雨の中で上げた腕を大きく左右に振った。

目からこぼれる涙を、分からなくさせる雨が降る、降る、降る……。